陽だまり✻古書店

渡邊悠

WATANABE Hisashi

文芸社

プロローグ

この度は陽だまり古書店にご来店いただき、誠にありがとうございます。
オーナーの渡邊悠です。
当店では、様々なジャンルの短編、中編小説を取り扱っております。
お客様の目にとまる作品がございましたら、幸いです。
ごゆっくり作品をご覧になってください。

陽だまり古書店 ◎ 目次

オーナーよりご案内役を任されました店主の平岡凪《ひらおかなぎ》です。
よろしくお願いします。

はじめにショートショートのコーナーからご案内いたしますね。

ここには、思わずくすっと笑ってしまうものや昔話のパロディ、ＳＦ、純文学など、個性豊かな作品たちが並んでいます。

気軽に読める作品なので、よかったら手に取ってやってくださいね。

カランとシャワーの邪魔なアイツ

私はカラン。そう、お風呂の蛇口のカラン。

いつも頭の上から、お湯だの水だのをかけてくるシャワーに、一言文句を言ってやりたくて、うずうずしているの。けれど、視界の端っこに見える、変なレバーみたいなやつが邪魔なのよ。あのレバーが下がっていると、私はいくらでも喋れるのに、真ん中になった途端黙らされてしまう。しかもシャワーのやつは全く聞く耳を持たないわ。それにレバーが上を向きかけたあたりで、いつも記憶なくなるし……。

なんとか、あのレバーを退かせたいのだけれど、届かないのよね。本当に邪魔なやつ！　早くいなくならないかしら。


俺はシャワー。

視界の下のほうで、いつも健気にお辞儀をしているカランに、絶賛片思い中。

だが、いつもカランと俺の間に居座る、あのレバーみたいなやつが俺の恋を邪魔する。アイツが上を向いている時、俺はいくらでもカランへの想いをうたえるのに、真ん中になった途端に黙らされてしまう。しかも下を向きかけた瞬間、意識がなくなるんだよな。どうにか、あれを退かせたいが、うまいこと体が届かない！　ああ、早く退かないかな。最近アイツ、ぐらぐらしてるから、引っ掛ければ取れたりするのか？

二人が同時にため息をついた瞬間、

「想いを秘めたお二人さん！　後は好きなだけ喋っていてくださいね。さよなら～！」

真ん中で居座るアイツが突然叫び、勢いよく吹き飛んで行った。

二人は、しめた、とばかりに話し出す。

「やっと話せるわ。あなたね、いつもいつもポタポタと鬱陶しいのよ！　ホント、嫌なやつね！」

「やっと話せるね、カラン。今日こそ俺の歌を聞いてくれ。愛しい君を思い、ずっと練習していたんだ」

やっぱり全く同じタイミングで話し出した二人。

「同時に話すんじゃないわよ。こちらの話を聞きなさい！」

「同時に話さないでくれ。俺の歌が聞こえないだろう」

互いに話し黙らせようと躍起になる。そして気づく、黙ることができないことに――。

邪魔なアイツは互いの会話の切り替えをしていたのだ。しかも、知らなければ幸せだったことを知ってしまう。カランは鬱陶しいシャワーに恋心を抱かれ、シャワーは恋したカランに鬱陶しがられていることを。

二人は微妙な空気が流れる中、同時に思う。

（ああ、レバー、早く帰って来て）


二人が散々言い続けたところで、人間が入ってきた。鞄から工具を取り出すと、新しいアイツを取り付け始める。そして、アイツを上げ下げして二人の会話の切り替えができることを確認すると、去っていった。

カランとシャワーは、戻ってきたアイツを真ん中に、思うことは同じだった。

（二度といなくなりませんように）

隠蔽ヴァルキリー

ヴァルハラにある主神オーディンの宮殿。その上空が今まさに戦場となろうとしていた。抜剣し、対峙した二人のヴァルキリー。互いににらみ合い、激突寸前である。

このような事態になった理由は、少し時を遡った夕食時のことであった。

＊

この日も九人のヴァルキリーたちは、大きな机を囲んで仲よく食事をしていた。ところが、皆に等しく分けられるはずの食事に、金のリンゴが一つだけ多かった。しかも、大皿の真ん中に。

各々が自分の食事を取り分け、皿の上に残された金のリンゴに気づいた時には、すでに静かな火花は散り始めていた。

まずい気配を察したエイルが提案する。

「ま、まあ、ここはみんなで分けませんか？」

「そうだな。無用な争いをすることもあるまい」

ブリュンヒルドもこの提案に乗った。話がまとまる方向で進み始めたその時、

「いーや、この前、優秀なエインヘリャルを見つけてきた私がもらう」

そう言うと、スルーズがリンゴに自分のフォークを刺してしまったのだから、さあ大変！

「きさまぁ！」

気の短いヘリヤが反対側からフォークを突き刺した。

互いに自分のほうへとリンゴを引っぱり、ギリギリと力をこめる。そして、ついに力に耐えきれなくなったリンゴは、無惨に砕けて宙を舞った。床に落ちていくリンゴはまるでスローモーションのように。そして、床に落ちた音とともに、二人は席を蹴飛ばして立ち上がった。

「へ～リ～ヤ～、何をする！　私のリンゴがっ！」

青筋を浮かべてワナワナとふるえるスルーズの目に、どす黒い光が見えた。一方のヘリヤはすでに抜剣して臨戦態勢だ。

「スルーズ、貴様のせいで私のリンゴが台無しだ。その罪、万死に値するぞ」

怒りのあまり、普段より逆に静かな口調だ。その口調がよほど気に入らなかったのか、スルーズもキレた。ドガッと盛大な音を立てて机を蹴飛ばすと、壁に立てかけてあるハルバードをひっつかむ。もちろん、卓上の食事は見事に全員分台無しとなった。

エイルがおろおろしながら、これ以上戦火が拡大しないように二人をなだめ始めたところで、

「お前ら二人っ、他所でやれっ！　二人の戦いに加わりたいやつもな！」

ブリュンヒルドの怒号が広間に響きわたる。

その言葉に広間入り口から出るかと思いきや、怒り心頭の二人は天井をぶち抜いて、ヴァルハラ上空へと舞い上がっていく。そして、互いに力を溜めて、必殺技を繰り出そうとしていた。弓に例えるなら最大まで引き絞り、今まさに放とうという状態だ。

その時、事態を静観していたフリストが二人を硬直させる一言を放つ。

「あ、オーディン様……」

広間入り口に立ったオーディンは宮殿の惨状を見るや、

「ヴァルキリーたちよ、これは何事だ？」

怒るでもなく、ただ淡々と質問する。さすがに、リンゴ一つで喧嘩して宮殿を壊しまし

た、とは言えず、

「宮殿に侵入者がおりました！　すでに討伐いたしましたが、建物へ被害がおよんでしまいました。申し訳ありません」

ブリュンヒルドがとっさの機転で誤魔化した。

「ふむ、そうか。まあ、壁などは容易く直せるからよいがな。ただ、この辺りに、アーティファクトが置いてなかったか？　金のリンゴの形をしていたはずだが、反応がなくなってしまってな」

その言葉に全員、顔面蒼白となる。

（先ほど粉々に砕けた、あれなのか？　いや、あれはただの金のリンゴで……）

一瞬の後、七人のヴァルキリーたちは、見事に声をシンクロさせて、

「いえ、見ておりません！」

事態を隠蔽したのだった。

新説　桃太郎

むかしむかし、桃太郎は頭を抱えていました。

鬼退治に行くために、イヌ、サル、キジを仲間にしたのはよかったのですが、イヌとサルがとても仲が悪いのです。

事あるごとにいがみ合い、キジは我関せずをつらぬき、桃太郎が仲裁するはめになっていたのです。


ある日、またイヌとサルが揉めだします。

「おい、サル。お前昨日の夕食、少し多く食べただろ。昼飯は俺に多くよこせ！」

「なんだと、イヌっころ！　てめえは図体が小さいんだから、その程度で十分なんだよ！俺様は人に近いんだから、たくさんいるんだ！」

「言わせておけば、単細胞のサルのくせに偉そうに！」

桃太郎は、キジに助けを求めようと目をやりますが、ツーンと澄ました顔でそっぽを向き、もはや視界に入れもしません。仕方なく肩を落とし、なんとか仲直りさせようとします。

「僕のお昼をちょっと分けてあげるから、そんなにいがみ合わないで」

「もとはといえば、お前が原因だろう！　たかだかキビダンゴ一つで、命がけの鬼退治についてこいって言うんだから」

「そうだ！　キビダンゴが何かよくわからん俺たちに、すごくいいもののように言って、行くと言ったら、あんな小っさなダンゴ一つなんて！」

桃太郎は逆に詰め寄られてしまいました。

「だから、鬼退治に成功したら、お宝の三分の一をそれぞれに渡すって約束したじゃないか」

桃太郎は慌てて弁解します。そこへ、今まで外野にいたキジが、唐突に口をはさみました。

「もちろん残り三分の一は私の取り分よね？」

そうなると桃太郎の取り分がなくなってしまいます。

「……四分の一じゃだめですかね」

桃太郎がお伺いを立ててると、鋭い目できっと睨まれ、

「はい……皆さんに三分の一ずつです……」

泣く泣く、そう答えるしかありませんでした。

とりあえず、今日の昼食は、桃太郎の分をイヌに分けることでなんとか話がまとまったので、

「よし、それじゃあ、鬼ヶ島に向けて出発だ！」

号令をかけました。

「偉そうにお前が仕切るな！」

「そうだそうだ！」

皆から非難囂々です。

その後も、イヌとサルがどちらが前を歩くかでゴタゴタしながら、なんとか鬼ヶ島へ向けて進むのでした。

なんだかんだで鬼ヶ島にたどり着くと、

「さあ、鬼を退治するぞ！」

桃太郎は刀を抜くと近くにいる鬼に斬りかかります。

数体の鬼を斬り伏せ、次の鬼を倒そうとしたその時です。

「おっ父《とう》、大丈夫か⁉　やめてけれ！　おっ父が何をしただ。なんでおっ父をいじめるだ！」

小さな鬼が割って入ります。傷ついた鬼の子どものようです。イヌ、サル、キジの視線が桃太郎に向けられます。

「えっ？　ほら、鬼って悪い奴じゃないの？　やっつけて、お宝もらっちゃだめなの？」

なんと鬼たちは鬼ヶ島で普通に暮らしていただけでした。桃太郎がお宝欲しさに、やっつけても誰も文句を言わない鬼をターゲットにしたのです。

そうとわかると、イヌ、サル、キジはすっと桃太郎から鬼の側へと移動しました。そして、桃太郎を睨むと、息の合った連携で、桃太郎を追い返したのでした。

「世の中、悪い奴がいたもんだな」

イヌが言うと、

「気が合うな。危うく悪事の片棒を担がされるところだったぜ」

サルもうんうんと頷きます。キジはいつものように澄まし顔のままですが、気分よさそうにケーンと鳴くのでした。

その後、イヌ、サル、キジは鬼と仲よく鬼ヶ島で暮らしましたとさ。

おしまい。

星空銭湯

うちの銭湯は夜十一時までが営業時間。営業終了間際には、特別なサービスがあり、それがちょっとした評判なのだ。

そのサービスのために、十時半からはお湯の温度を少し下げる。のぼせてしまう人が続出したからだ。

今日も柱時計が十時半に近づいていた。番台から風呂場のほうに行くと、まだまだ人がいるようだ。

風呂場に向かって呼び掛ける。

「今から少しずつ明かりを落としま～す。お湯から上がられる方は足元にお気をつけくださ～い」

「お、今日もやるのかい～？　あれは癒やされるからね～」

常連さんからよい具合に響く返事がきた。

「では、始めますね～」

私は少しずつ明かりを落としていく。

「いったい何が始まるんですか？」

一見さんがいたようだ。風呂場で尋ねる声が聞こえた。

「まあ、楽しみにしてなって！」

常連さんは期待を持たせたまま教えない。

ほとんど真っ暗になり、足元の明かりだけになると、私は風呂場の秘密のスイッチを入れた。

「すごい……」

感嘆の声が聞こえてくる。

天井に満天の星空が投影される。うちの銭湯とっておきのプラネタリウムだ。去年、父が亡くなる前、「星空を見ながら風呂に入りたい」とこぼしたのをきっかけに、プラネタリウム上映を始めたのだ。

ゆったりした音楽を流し、終わりがけに少しだけ星座解説を入れる。

「今日は冬の代表的星座、オリオン座の見つけ方を少しお話ししますね。三つ並んだ明るい星を探してみてください。オリオン座の目印ですよ」

親子がはしゃぎながら星を探していた。

「お父さん、見つけられた？　明るい三つのお星さま」

「どこだろうな～」

こういう親子のやり取りは微笑ましく周りを和ませる。だから少し間を置いて星座を探す時間を作る。三分ほどしたら、星座の星を結ぶ線を映し出すスイッチを押すようにしている。

「そろそろ答え出してもいいですか～」

「うん、見つけたから大丈夫～」

子どもの元気のよい返事が響く。それを聞いてから点灯のスイッチを押す。

「やった～！　ぼく、当たってたよ」

「よく見つけられたな～。お父さんはわからなかったよ」

先ほどの親子の声が聞こえてくる。この答え合わせがプラネタリウム終演五分前の合図だ。

「本日も星空銭湯をご利用いただき、ありがとうございます。間もなく閉店の時間です。急に立ち上がられますと、立ちくらみ、転倒の原因となりますので、ごゆっくりお帰り支度をなさってください」

徐々に風呂場の明かりをつけていく。

番台席に座っていると、先ほどの親子がやって来た。

「素敵な時間でした」

「お星さま綺麗だったよ」

そう言って楽しそうに帰っていった。

すべての客が帰った後、のれんをしまいながら、夜空を見上げる。

「今日もいい風呂だっただろう。父さん」

冬の雨

寒さもかなり厳しくなってきた日。朝の冷え込みの中、雨がザアザアと降っている。いつ雪になってもおかしくないのに、冷たい雨がひたすらに地面を打ち付ける。

肌を刺す冷気の中、傘を広げ、家を後にして、いつもの通勤路を歩いて行く。徐々に革靴に雨が染みてきて足先が冷たい。鞄も下半分が傘からこぼれた雨に濡れている。

駅に着いて、バサバサと傘についた水滴を払い、電車を待つ。

この駅を利用する客はほとんどなく、申し訳程度に作られた屋根の下で、コートのポケットに手を突っ込んで寒さに耐える。遠く見える山並みはぼんやりとかすみ、トタン屋根に打ち付ける雨がバラバラと音を立てている。

やがて遠くからディーゼル車の音が聞こえてきて、貨物列車が通り過ぎる。通過する時の風で雨が一瞬横に流れ、そしてまた真っ直ぐ下へと降りしきる。

ポケットに入れていた手も冷え、はぁと息を吹きかけて暖めるが、瞬く間に冷気に押し潰される。

ようやく電車の影が遠くに見え、この冷気の渦から解放される安堵感が広がる。

二両しかない車両の後方に乗ると、暖房の柔らかい空気が体を包む。通勤時間だが利用者の少ないこの路線は、毎日まばらに客が乗っていて、いつも二人がけの窓側に座ることができる。

ガタンという音とともに列車は動き始め、窓に目をやると、雨粒が斜めに長い尾を引いて当たっていた。足元からほんのりと吹き出す暖房で濡れた靴が温まり、体の冷えも徐々に和らいでいく。

車窓には、空を埋め尽くす灰色からただひたすらに落ちてくる雨粒が、景色全体を暗く塗り替え、車内以外はまるで生気を奪われたかのようだ。

カタンカタンと一定のリズムで音を立てながら列車は長い駅の間を進む。長いと言ってもせいぜい五分程度なのだが、暗い車窓はそれを何倍にも長く感じさせた。

駅に近づくと列車は速度を落とし、それに応じて窓に当たる雨粒の角度も変わる。

ホームに止まると、シューと疲れたような音を出してドアが開く。そしてまた雨に濡れた客が二、三人、凍えながら転がり込んでくる。雨のせいか、通勤客には笑みはなく、学生だけがにぎやかさを演出していた。

三十分ほどの道のり。その半分を過ぎた辺りだろうか。

外を見るのも憂鬱なので目を閉じていると、急に電車は速度を落とし、停車した。

車内アナウンスで、豪雨のため、しばらく停車するとのことだ。

嫌々ながら窓を見ると、灰色から落ちてくる雨が勢いを増し、世界を押し潰さんばかりに叩きつけていた。

運転再開の目処は立っていないようなので、時間を気にしつつ、会社に連絡をしなければならない。そんな面倒が、憂鬱な気分にさらに拍車をかけるのだった。

そして十分――。わずか十分が異様に長く感じられた。

動かない列車、降り続く雨、無口で下を向いた乗客。すべてが時間の感覚をおかしくしていく。ため息しか出なさそうな空間で思考も麻痺してくる。

まだ火曜で、これから仕事なのに、もう週末でくたくたになって列車に背負われて帰る車内のようだ。わずかに車体が揺れて一瞬浮かぶ期待感は、風が揺らしたという事実に吹き飛ばされてゆく。

何もできない、感覚の狂った時間の中、ただ変わらないのは車体越しに聞こえてくる雨音だけだ。自分の中にあるまともな感情は、足元が暖房で暖かいということ。それ以外、何のために頑張るでもない仕事、こなすように過ぎてゆく生活に疲弊していく心、抱けば砕かれる希望――。まるでこの車窓のような日常が自分をすり減らしてゆく。

いっそ、すべて投げ出してしまえば楽になるのかもしれないが、なぜかそうしない。わずかに残った理性が、そうさせないのかもしれない。

長い長い一時停車は未だ続いていた。このまま動かないなら、それはそれで何かしらの行動も取れる。しかしこの日常のような一時停車は、動くとも動かないとも言わず、ただひたすらに時間を食い潰していく。凍りつきそうな心を、足元の暖房がひたすら励まし、なんとか平静を装っていた。

どこを見るでもない目が車窓に映り、自分に問いかける。

このままでいいのか？　なにがしたいのだ？　何のために生きている？

そんな問いにも、日々すり減らされた思考は、まともな答えを返さない。

このまま漠然と生きているだけでよいだろう。死なずに生きていけるのは素晴らしいと、みんな言っているではないか。なにがいけない。

思考の海はとうに凍りつき、無感動な日々は、今降っている雨と同じくらいの量の黒い絵の具で心を塗り潰していた。

生きていればいい。

足元の暖房程度のわずかな理性が、この世界に自分を引き止めている。

不意を突かれたような揺れを伴い、電車は動き始めた。時計に目をやると二十分程度しか経っていない。

また日常の車輪は回り始め、僅かずつ自分をすり減らしてゆくのだろう。

会社の最寄り駅から凍える雨の中、靴と鞄を濡らしながら歩いて行く。

カノジョの弁当

カチカチカチカチ……。無言の部屋に、時計の秒針の音だけが響く。

二人が向かい合って座ってから十分。両者、無言が続いていた。互いに視線をさ迷わせ、たまに相手とぶつかるとさっと反らす。正座による足の痺れより、この無言の時間が耐えられなかった。

そんな均衡をものすごい勢いで開く襖の音が打ち破る。

「あー、本当にじれったい！　あんた、由美さんに気の利いたことの一つも言えないの？」

乗り込んできたのは母親だった。突然のことに、正面に座った由美さんは驚きを隠せない。

「ちょっ、母さん。二人だけで話をって……。由美さん、びっくりしてるじゃないか」

僕が抗議の声を上げると、

「そうね！　話が進んでいたら、母さんも黙っていたわ。それが、いっこうに進まないから、こうやって乗り込んできたんだけど。そこについて申し開きはあるかしら？」

「いや、急にお見合いなんて言われて、饒舌に話せるほうが珍しいと思うけど……」

僕は口ごもりながら、最大限、抵抗を試みる。

「あの……私も何も話せませんでしたので、幸弘さんのせいでは……」

今まで沈黙していた由美さんが助け船を出してくれた。母さんは深いため息を吐いて、

「まぁ、このままここで膝を突き合わせても進展しなそうだから、二人で少し散歩でもしてきなさい。……すみません、本当に不出来な息子で」

母親の後ろにいる由美さんのお母さんに謝る。由美さんのお母さんも、

「いえいえ、うちの子も内向的な性格ですので……お気になさらないでください」

少しやれやれといった表情で由美さんを見た。


そんなこんなでうるさい母親たちから逃げるように建物を出て、二人並んで歩く。しかし相変わらず無言が続いた。

「あの、幸弘さん。嫌だったら断ってもらっても……」

由美さんが切り出してきた。

「嫌ってわけじゃ……むしろ、僕なんかで由美さんはいいのかと不安で……」

僕は慌てて弁解した。それがおかしかったのか、由美さんはクスクスと笑った。

「私たち、なんだか似てますね」

少し背の高い僕を見上げて微笑む。その笑顔が僕にとっては不意打ち過ぎた。そんな笑顔を女性から向けられたことなどなかったし、とてもかわいく見えたのだ。

これをきっかけに、ぽつぽつと自分のことを互いに話し始めた。

由美さんは、本当にかわいく、少し小柄で、なぜこんな僕とお見合いなんかしているのだろう、と不思議に思えるほどだった。本人曰く、相手に料理を作ると、なぜか皆、逃げ出してしまうらしい。僕から言わせれば、料理を作ってもらって文句を言うなど言語道断である。そう、思ったままを伝えると、

「私はただ相手に喜んでほしくて頑張ってるんです。なのに……」

しゅんとしょげてしまった。僕はとっさに言った。

「じゃあ、今度、僕に作ってくださいよ」

言ってしまってから、とてつもなく恥ずかしくなる。手料理を要求しているみたいになったから。

「本当ですか、じゃあ、頑張って作ってきますね！」

でも由美さんはパッと笑顔の花を咲かせて、嬉しそうにこちらを見てくれた。

その後は何とか会話も弾んで、見合い会場へ戻ると、

「少しはまともに話せたみたいね」

母さんが確認してきた。

「まぁ、ね」

そう返して、また会うということも決まった。


そして、後日、由美さんは約束通り弁当持参で来てくれた。

僕はわくわくしながら、蓋が開けられるのを待つ。

期待感が最高潮になると同時に、開いた箱の中身は……。得体の知れない、極彩色の料理。綺麗な彩りではなく、文字通りのビビットカラー。

何を使ったかはわからないが、見た目で危険を感じる。

笑顔の由美さん。渡される弁当と箸。前回、ああ言った手前、この弁当を拒むことはできない。

あぁ、神様、どうか今日、生きて帰れますように。
そう祈らざるをえないランチタイム――。

グループ分け

「ホント、うっざいわね！　この地味メガネ！」

一日の始まりは罵声。クラスカーストの最下層女子の私は、なす術もなく、言われるがままだった。

（今はとりあえず我慢しなきゃ……）

嵐が過ぎ去るのをひたすら待つ。

さんざん言って満足したのか、陰湿なヤンキーまがいたちは去っていった。

高校生になって少しは変わると思っていたのが間違いだった。真面目に勉強して優等生レッテルを鼻にかけている、と思われたのだろう。クラスの女子からはハブられ、いじめられるようになった。

だが、そんなカースト高めと思っている女子ですら、何でも思いのままというわけではなく、こと、恋愛に関しては、あまり芳しい結果にはなっていなかった。今朝一番で罵ってきた女子も、イケメン先輩に告白して見事玉砕したらしい。

夕方になると、振られた腹いせなのか、私の眼鏡を隠すという嫌がらせに発展した。ド近眼の私は眼鏡をかけていないと、ほとんど何も見えない。手探りで床をはいまわるのが、彼女らは滑稽でたまらないらしい。ひとしきり堪能すると、眼鏡がどこにあるかも告げずに去っていった。

私はひたすら手探りで眼鏡を探し続けた。

「どうしたの？　大丈夫？」

声の主のほうを見るが、表情はおろか、クラスメイトなのかすらもわからない。

「大丈夫です……眼鏡を失くしてしまっただけなので……」

嘘をつく。私に関わって、その人に迷惑をかけたくなかった。しばらく、床やら机やらをがさがさと手探りで探していると、

「はい、これでしょ、眼鏡」

先ほどの男子生徒が持ってきてくれる。慌てて受け取り、眼鏡をかけると、

「掃除用具入れの上にあるのは、失くしたとは言わないんじゃないの？」

爽やかに微笑む先輩がいた。しかも、その人は今日、私をいじめて楽しんだ女子たちが憧れる先輩だった。

「いじめられてるならちゃんと言わなきゃ。……って無理か。よけいひどくなるもんね。しっかし、こんなかわいい子をいじめるなんて……」

意外すぎる一言に私は目を丸くする。

（かわいい？　えっ、私？）

「あれ？　もしかして無自覚？　君、コンタクトにしたらめっちゃかわいいのに。俺だったら彼女にしたいかな。性格もよさそうだしさ」

さらりとそんなことを言う。

夕焼けで照らされているからではない、顔が赤くなるのを感じ、そのまま走り去るしかできなかった。


なんてことがあってから二週間――。

なんと私はあの先輩と付き合っていた。

そしてコンタクトにも慣れて、学校に初めてコンタクトをしていく。

「誰？　あの子」

「あんな子いたっけ」

教室に入ると、ひそひそ話が聞こえてくる。自分の席に座ると、

「えっ⁉　上月《こうづき》さん⁉」

「マジ⁉　かわいくない？」

驚きの声に変わる。だが見た目が変わったところで、中身が変わるわけではなく、

「地味メガネがコンタクトにしてイキってんじゃねぇよ！」

いつものヤンキーまがいたちが寄ってきた。

（またいじめられる！）

そう思った矢先、私の耳に小さく聞こえたのは、

「上月さんのカレシ、二年の長谷川先輩らしいよ」

「えっ、あのイケメングループの……」

そんな一言、二言だった。

その瞬間、クラス中の日和見女子たちの間に無言のシグナルが駆け巡る。

そして、周りから続々と私をガードするように集まる。

「あなたたちが上月さんいじめてるの、ずっと見てたからね」

（うん、見てたね～。見てて止めなかったね～）

防壁と化した日和見女子たちは語気を強める。

「上月さんが何したっていうの？　それ以上やったら先生にチクるわよ」

さすがにヤンキーまがいたちも反論する。

「はあ？　お前らだって見殺しにしてただろうが！」

（仰せごもっとも～）

それに対し日和見女子たちは見事な手の平返しで応戦。

「私たちは見守ってたのよ！」

（そうか～。そういう理屈になるのか～）

こうして、ヤンキーまがい女子はクラスカースト最下層認定をされ、私を中心とした、薄っぺらい友人まがいグループが結成された。

（女子って怖いね～）

つくづく実感した夏休み前であった。

想日出《おもひで》

いつからだろう。元旦に、初日の出を見なくなったのは……。

子どもの頃は、同じ町内の祖父母の家で年末は過ごした。年越しそばを食べて、新年を祝うと、早々に眠りにつく。翌朝の日の出に間に合うように。

朝、起こされると、眠い目をこすり、まだ暗い寝床から這い出る。二階から階段の電気をつけて下りてくると、すでに母と祖母は朝食の準備をしていた。僕と妹は眠気でよろけながら着替えをする。

朝食の準備が終わったのか、母が、

「そろそろ行こうか。お日さん、昇っちゃうね」

そう言って、家族で近所の丘へ向かう。海までは遠いが遮るものの少ないこの丘に上れば、初日の出を拝むことができた。

あの当時はキラキラ光る日の出を、背伸びしながら心に取り込んで感動していた。昇る朝日は遠くに見える海に反射して輝き、眠気でかすむ視界を鮮明に照らし出した。

「今年も、ええ年になるとええな」

「そうやねぇ」

家族の皆が一年の始めに期待を膨らませている。

そうやって、家族で初日の出をいつ頃まで見ていたのか、今では思い出せない。ある時を境に初日の出に何も興味がなくなった。家族も無理に誘うことはしなくなった。

今になって考えてみると、家族との関わりが薄くなり始めたのも、その頃からではなかっただろうか。友達付き合いばかり気にして、家族旅行も面倒に感じ始めたのもこの頃だ。ゲームができない時間を鬱陶しく感じ、旅行中も常にスマホをいじっていた。両親との会話もゲームをしながら、「あー」か「うん」程度のやりとりになっていた。

大晦日に母が、

「今年は初日の出、どうする?」

と珍しく聞いてきた。だが、午前0時からはＳＮＳであけおめの嵐。その後、友達と明け方までゲームの予定だった。

「今年もええわ。また来年行けたら行く」

ぶっきらぼうに返すと、母は小さく肩を落としたが、それ以上は何も言わなかった。

年があけて、半年が過ぎようとした頃、祖父が急に病の床に伏せ、あっという間に帰らぬ人となってしまった。

後から聞いた話では、年末くらいから検査の数値がかなり悪かったようだ。祖父は母に「最後に家族で初日の出を見られるか聞いておいてほしい」と言っていたようだ。孫たちがもう初日の出に興味がない、と聞くと、「それなら大事な時間は邪魔できんな」と、寂しそうに微笑んだそうだ。

「来年行けたら」

当たり前にくると思っていた。でも、じいちゃんには……。なぜ、たった二十分のことを惜しんだ！　じいちゃんと見る最後の初日の出を、なんで……、なんで！

悔やんでも何も解決しないのはわかっている。それでも、自分の選択がどうしても許せなかった。


その年の年末。

いつものように、家族はばらばらに過ごしている。

僕は年越しのあけおめ嵐のＳＮＳが終わると、早めに眠りについた。

そして、夜明け前。

家族皆が寝静まっている中、マナーモードにしたスマホが目覚まし機能で震える。階段をそっと下り、適当に着替えて、音を立てないように家を出た。

暗い道を、家族で初日の出を見ていた丘へと急ぐ。吐き出した白い息を追い越し頂上へ。

空が白み始め、後ろを振り返ると、朝日の昇る水平線が視界いっぱいに飛び込んできた。

昔、背伸びしながら見ていたあの景色は、言葉を失うほど綺麗だった。

「じいちゃん、綺麗だね、初日の出……」

一人呟く僕の視界が黄金色に滲んだ。

あやかし終列車

遠くの祭り囃子が頭に響く。

七夕祭りの帰り、たらふく酒を飲み、駅のベンチで酔いつぶれていた。頭の左に狐の面をひっかけて。

浴衣姿の人々は、込み合う電車に押し込められて、それぞれの家に帰っていく。

（けっ、手なんぞ繫ぎやがって……）

ひどく鈍った意識の中、そんな卑屈が揺らめいていた。

そして、水面から落ち葉が沈むように、ゆらゆらと眠りに落ちた。

＊

寒さでブルッと震えて目が覚めたのは、どれほど経ってからだろうか。

なぜかビードロを横から覗き込んだように視界が歪んでいた。よくよく見ると、巨大な目玉が目の前に……。
「目玉ぁ⁉」
勢いよく跳ね起きる。そのはずみで巨大目玉とぶつかってしまった。
「いたいなあ……。あんた、こんなとこで寝とってええん？　もうすぐ列車、出てまうで」
目玉から直接繋がった体から出ている腕で、ぶつかったところを撫でている。
目の前には、アニメでしか見たことのない木製の列車。車内には提灯がぶら下がってい
て、蝋燭でぼんやりと照らされている。祭りの飾り付けに似ているが、それとは異質の、
古めかしさとあやしさが漂っていた。そして眠りこけていたベンチもプラスチック製から
木製の長椅子になっていて、赤い布がかけられていた。
騒ぎを聞きつけて、周りのモノたちが集まってくる。
からかさ小僧にがしゃどくろ、猫又など、名だたる妖怪が、「なんだなんだ」と寄って
くる。それを制するように、「ピロロロ」と笛を鳴らして狐がやって来た。
首から下げた笛を器用に口に咥えて、皆をどかすと、
「はいはい、皆さん、列車に戻っておくんなはれ。あんたさんは人間さんやねぇ。どない
しはったん？」

京都弁らしき口ぶりで尋ねながら、ベンチに座ったまま腰を抜かしている俺の横にピョンと飛び乗った。

「いや、目玉っ⁉　なんか他にも……」

「落ち着いて、落ち着いて。息を吸うて〜、はい、吐いて〜」

うろたえる俺に細い目をさらに細めてゆっくりと促す。言われたとおりにすると、不思議とこの異常な世界への驚きが消えてきた。

「ここは、あやかし列車の駅、夜雲《やくも》や。人間さんが来ることはめったにないんやけど……。なんか扉が開いてしもたんかな」

よくわからない説明をしてくる。

「まぁ、来てしもたんは仕方ないし、戻るあてもあらしまへんのやろ？　どない？　あやかし列車に乗ってみるのは」

帰ったところで誰も待っていない俺の事情を見透かすように狐は誘う。

「今夜はこの列車が最後やから、逃すとまずいよ。宵闇にのみ込まれてしまうからなあ。宵闇にのまれると、それはもう悲惨もええとこや」

狐はわかりやすく身震いさせて話す。落ち着いてきた俺は、

「その、あやかし列車ってのはどこへ行くんだ？」

狐に尋ねた。気になったわけでも、そうしようとしたわけでもないが、なぜかそう尋ねるように仕向けられたみたいに。狐はニヤリと笑う。

「せやなあ、そのお面くれたら教えてもええけど……」

俺の頭にひっかけてある面を口で指す。

「こんなもん、いくらでもくれてやるよ」

狐の頭にお面をかぶせると、ぼわんと白い煙が立ち上り、ふわりとなびく金髪に車掌帽をかぶった派手な着物の女性が現れた。

「おおきに。これは上物やわぁ〜。ちょっと待っとって」

まさに狐につままれたように状況がのみこめない俺を置いて、しゃなりしゃなりと着物を揺らして女性は歩いていく。その着物の裾から狐のしっぽがのぞいていた。

列車の前のほう、ぬりかべを直方体にして車輪を付けたようなモノに近づくと、なにやら会話をする。そしてまた、しゃなりしゃなりと戻ってくると、

「今回は宵闇が去るまで、ぐるっと散歩やって。来年の明日の朝にはここに戻ってくるそうやよ」

そう俺に告げた。

（戻ってくるならいいか……）

そんな気持ちで、俺も他のあやかしと同じように、ふらふらと車内へ進む。


満席の車内。古びた向かい合わせの椅子に座ると、目の前には先ほどの巨大目玉がいた。

がしゃどくろは入りきらないようで、屋根に掴まっている。

「おお、あんたも乗ったんかいな。ほれほれ、袖振り合うも多生の縁ってゆうし、一杯飲まんか？」

巨大目玉が腰からさげていた陶器の酒瓶を揺らす。

「それじゃ、お言葉に甘えて……」

目玉が差し出したお猪口に酒を注いでもらうと、くいっと飲み干す。

「うまい！　こんなうまい酒は初めてだ！」

目玉も上機嫌で、

「ええ飲みっぷりや。お、列車出るみたいやで」

赤い目を細めて窓の外に目をやる。先ほどの車掌狐女が、

「ちょっと時間おしてるから急発車しますえ〜。掴まっといてくださいね〜」

そう言うが早いか、ガクンと車両が大きく揺れて、勢いよく列車は走り出す。その拍子に椅子に強く後頭部をぶつけた。衝撃で意識が薄れていく。

「あんさん、大丈夫か？　おい、あんさん……」

＊

「……さま、お客さま」

なにやら呼ぶ声がする。

朝日に霞む目を擦りながら起き上がると、見なれた駅員が俺を起こしていた。

「んあ……？」

（なんだ……夢だったのか……）

「駅で眠らないでくださいね。去年、一人、行方不明の方が出ていますので」

ボリボリと頭の左側をかくと、狐の面がなくなっている。そしてスマホの時計は次の年になっていた。

静かな湖畔のお年寄り

いやはや、近頃は暑くなってまいりましたな。

わたくしは、この湖に足を浸して涼むのがお気に入りです。木陰でひんやりとした水面をぱしゃぱしゃと蹴っていると、子どもの頃に戻ったように思いますな。

ところが、この綺麗な湖にゴミを捨てる輩がおりましてな、時々駆けつけては、ゴチンとこづいてやるのです。しかし、いかんせん老人のカミナリなどでは、そのような輩には響きません。どなたか取り締まってくれやしないかと思案する、今日この頃ですわ。

そんな輩がいる一方で、この頃懸命にごみ拾いをしている、殊勝な若者がおるのです。わたくしも手伝いたいのですが、なにぶん年寄りゆえ、足手まといにしかなりません。若者の足取りに追い付くこともままならないのです。なんとか一つ拾って持っていくと、若者は笑顔で受け取り、ゴミ袋に入れて会釈するのです。いやあ、感心ですなあ。

もっと人が集まれば、「この湖を綺麗にしよう」となるのですが……。近くにできたテーマパークにばかり遊びに行って、こちらにはめっきり来なくなってしまいました。なんとも、もどかしいものです。

おや、なにやら空が急に雲ってまいりましたな。ひと雨きそうです。今のうちに東屋へと避難いたしましょう。若い頃はびしょ濡れでも平気だったのですが、だんだん堪えるようになってしまいました。着替えもあいにく今はありませんし。ほら、もう降り出しましたぞ。急ぎませんと。

ふう、やれやれ。なんとかずぶ濡れになる前にたどり着けました。わたくしは足が短いので、早足でも大変なのです。

どうやら、しばらく降り続きそうですな。
どれ、この合間に昔ばなしでもいたしましょうか。
わたくしが初めてこの湖に来た時には、とある男女がこの東屋でよく語らっておりました。幸せそうなその二人は、翌年の春、この湖畔で結婚式を挙げたのです。わたくしも若かったので、そういったことに憧れておりました。

そしてある年、とても魅力的な女性と出会いましてな。わたくしも精一杯アピールしたのですが、あえなくフラれてしまいました。翌年、その女性は、素敵な男性と連れだって、この湖畔に来ておりました。容姿端麗で、性格もよい、その男性の方が魅力的であったのでしょう。今でもほろ苦い思い出ですな。

おっと、そんな話をしていたら、雨が上がりましたな。通り雨でよかったですわ。

わたくしもそろそろ帰るといたしましょう。幸いほとんど濡れていないので飛び立つには不具合はなさそうです。

おや、不思議そうな顔をされてますな。ああ、言い忘れておりましたが、わたくしは人間ではございません。毎年、この湖にやって来る渡り鳥でございます。来年もまたこの湖畔にやって来る予定ですので、その時まで、皆さま、お元気で。それではしばしお別れにございます。

おこたの一日

はあ、暖かい。

人類史上、最強の怠惰アイテムである炬燵に、足から首まですっぽり埋まって寝そべる。ホカホカと暖かい空気を中に閉じ込め、さらにお布団までセットにするというのは、本当にノーベル平和賞を贈ってもいい気がする。炬燵の中なら、争い事などまず起こらないから。

ぬくぬくとくるまり、スマホを充電しながらゲームをする。必殺コンボである。ここにお菓子があれば、確実に炬燵から出ないだろう。唯一欠けたファクターであるお菓子が三メートル先にあるのだが、それを取る気力すら失ってしまうのが、おこたコンボのすごいところだ。

埋もれてから十分、早くも眠気が襲ってきている。時々スマホを落としそうになっていた。目をごしごしとこすり、仰向けになって抵抗する。手を上げてゲームをしていれば寝ないだろう。

「いだっ！」

ささやかな抵抗は、顔の上に落下してきたスマホにより、呆気なく無駄であったことが証明された。

くそう、炬燵に抗うにはどうすれば……。あ、別に抗わなくていいのか。課題は期限まで時間あるし、ご飯は食べたばかりだし。そうね、寝てしまえば万事解決、平穏無事。

スマホを投げ出し、お休みモードに入る。

ぬくぬくおこたばんざーい。

そうして眠りに落ちるのだった。


それから、どれくらい時間が経ったのだろう。窓の外は暗くなっていて、夜になったのはわかる。雨戸を閉めるために炬燵から出る。

「寒っ、さっさと閉めて戻ろ」

そそくさと雨戸を閉めて回り、再度、炬燵へダイブ。

はあ、このまま出なくていいなら世の中最高。寒い外の世界はさよ〜なら〜。なんて甘いことは通用しなかったな。

お腹がグルルと鳴る。人間、生きてるだけでお腹が空くのは反則だと思う。ため息をついて夕食の支度。適当でもバランスが取れてればいいか。ちゃちゃっと準備してご飯を持って炬燵へ。テレビのリモコンとお箸を持ってきてスタンバイ。バラエティーを見ながらの食事は最高だな。一人暮らしの潤いだよ、うん。ゲラゲラと食べながら笑って夕食完了。お行儀が悪い？　一人暮らしでそんなこと気にしな〜い。ぐだぐだと寝るまで炬燵にはまり、お布団へ。大事な何かを忘れている気がするけど……。

あ、しまったぁー！　今日は友達と遊ぶ約束してた。休日だから完全に炬燵モードだったよ。ちゃんと謝っておこう。炬燵のぬくぬくが憎くなるけど、今さらよね。まぁ、いいか。

こうして休日の一日が過ぎるのだった。

いかがでしたか？

一口に小説といってもいろいろありますよね。

次は、ショートショートよりは少し長い作品をご紹介していこうと思います。

ゲームで仲直り

快人編

「なんでそんなこともわからないの⁉」
このセリフを投げつけられたのは、先週末のデート終わりだった。彼女の唯と喧嘩して
デートはお開きになった。

それから一週間。

玄関の呼び鈴が鳴り開けると、唯が立っていた。真っ先に謝ろうと、「あのさ、この前
……」と発した直後、

「あのさ、仲直りに一緒にゲームしよ？」

先に口火を切られてしまった。申し訳なさそうにそう言った唯の手には、近くのゲーム

ショップの袋が握られていた。

（唯、あんまりゲーム詳しくないのに、僕に合わせてくれたんだ……嬉しいな）

感慨に浸る。袋が開封されるまでは。

出てきたゲームソフトは、ゲーマー界隈で噂になるほどの、絶対ケンカになるすごろく系ゲーム。

（待って。それで仲直りするの？　悲惨な未来しか見えないのは気のせいだろうか？　操作は簡単だけれども、不穏要素たっぷりのゲームだぞ）

しばらく考え込んでしまう。唯は俺の表情を見て、「仲直りするの、いや？」と変な誤解をしてしまう。

「いやいや、仲直りしたいよ！　さあ、やろう。せっかく唯が買ってきてくれたんだもんね、あはは……」

部屋に招き入れて、ゲームを起動する。

概要と操作、コツなどをなるべくわかりやすく伝えて設定に進む。とにかく操作は簡単。ボタンをポチポチ押す程度なので、初心者でもプレイできる。

問題は駆け引きのところ。ボードゲームに冒険要素を組み込んだこのゲームは、ゲーマー心理やゲーム知識がある程度わかっていたほうが有利。なので、圧倒的に僕にアドバンテージのあるゲームだ。だが、楽しく遊ぶならボロ勝ちも接待プレイもよくないだろう。

（ほどほどに負けてあげたほうがいいな）

そう決めてキャラクター選択に進む。唯には強いと言われているキャラクターをお勧めしよう。

「あっ、このキャラ強そう〜。唯、せっかくだし強いキャラ使ってみたら？」

（よし、誘導できたか）

「うーん、せっかく楽しく遊ぶんだし、あんまり勝ちすぎてもな〜。あ、この子かわいい」

（いや、まてまてまて。その子は確かにかわいいけれども。説明書に書いてある能力は超絶上級者向けだぞ）

「ホントにその子でいいの？　説明書見ると上級者向けって書いてあるけど……」

「いいのいいの。操作は簡単なんだし、なんとかなるよ」

（ならないから言ってるんだけど……）

「そう？　じゃあ僕はこのキャラにしようかな」

（なるべく相性の不利なキャラを選んで……）

自然に接待プレイになりかけてしまう。慌てて気がつき、唯のキャラクターと対になっている設定のキャラクターに変える。

「あれ？　この二人似てない？」

お、気がついた。すかさず、

「その通り。原作アニメで前世では双子だったんだ」

少しトリビアを交えつつ、仲よしキャラであることを伝える。

「へぇ〜。そうなんだ。さすが、そういうの詳しいね。あ、名前変えれるのか〜。じゃあ、『ゆ、い』と」

（え、自分の名前入れるの？　進むと結構テキスト的に悲惨なことになるけど……）

「じゃあ、『か、い、と』っと。ステージは一番簡単なところでいい？　細かな設定はやるから」

「うん、お願いね」

（ああ、笑顔だ。神様、一時間後も唯がこの笑顔でいてくれますように）

そう祈りつつ、スタートのサイコロは投げられた。

ばれないように、ちょこちょこ、わざとミスをしながら進める。接待はよくないが、楽しまないのも失礼だ。

総合資産を競うゲームなので、意外なイベントで一発逆転が起こるのが怖いところだ。最初のボスに唯がたどり着き、

「あ、ボスだ〜。確かこの子、必殺技持ってるんだよね？」

「うん、サイコロ振って偶数が出たら一撃で倒せるっていうやつね。ただ……」

「えい！」

簡単な操作を、これほど憎んだ日はあるだろうか。説明途中で唯が必殺技を選択してしまう。

「奇数が出たら自分が死んじゃう……」

コロコロ、ポテン。出たのは無情にも3。唯は倒され、スタート地点に戻されてしまった。

「あー、負けちゃった。むむ、次こそは！」

よかった。一発で機嫌悪くならなくて。僕の順番になり、

「じゃあ、ボスも遠いし、ランダムな場所に飛べるこのアイテムで、どこに飛ぶかな〜」

これで唯が戻ってくるまで時間は同じくらいになるだろう。

ポチ。ヒューン。

着地したのは……ボスマス。ごめんなさい、唯さん、不可抗力です。恐る恐る唯を見ると、ややむくれている。まあ、負けたら同じところに戻るもんね。とりあえず負けておこうか。

ただ、堅実に装備を整えた僕は倒される要素が少ない。

（確かカウンターをよく使うボスだから、必殺技を使ってカウンター食らえば自分の攻撃力で……）

必殺技を選択。このキャラクターは三倍の威力で攻撃するからやられて……あれ？　カウンターは？　まさかの来ないやつ？

ズバシュ。

横を向くのがとても怖い。だが唯は、

「まだ序盤だよね。巻き返すから！」

やる気でいてくれる。


それから数十分。

奇跡的な確率で不運を引く唯と、奇跡的な確率で幸運を引く僕。キャラクターの扱いが難しいのも相まって、資産は雲泥の差になっていた。

すでに唯は無言で画面に向かっている。時折、説明書を見ては、画面に向き直る。

さすがにこれはまずい。切り上げたほうがいいと判断して、

「そろそろ終わろっか?」

そっと唯に声をかける。が、

「最後までやる……」

もはや仲直りどころではなくなっていた。

しかし、そんな唯にこのゲーム最大のラッキーが訪れる。なんと、イベントマスで、自分の起こしたい効果を十個連続で起こせるという、超絶レアイベントだ。

「え、こんなイベントあるんだ。どれ選ぶの?」

「決まってるじゃない。まず『自分の能力値を最大にする』でしょ?」

まあ、当然の選択だ。能力値が高ければ戦いに勝てる。つまり、逆戻りはなくなる。

「うんうん、それから?」

「『他のプレイヤーの能力値を下げる』でしょ?」

うん⁉　とても嫌な予感がするなあ。

「他には？」

「あとは全部、『他のプレイヤーを自分のところに呼ぶ』」

冷酷に告げられた内容に顔が青ざめる。つまりはこういうことだ。

まず、絶対に一撃で勝つ唯と戦い、負けてスタート地点に戻される。スタート地点から唯のマスまで呼び戻され、また負けて戻されてを七回繰り返すのだ。

そこまでしなくてもいいだろうに。名前が自分のものだけに、恐怖を感じる。


一通りのお仕置きが終わりスタート地点にいるぼろ雑巾の僕と、あとはひたすらゴールに向かうだけの唯。戦いに負けたら資産は十分の一になるという凶悪仕様のおかげで、順位は逆転していた。

しばしの沈黙のあと、突然、唯が泣き出した。

「こんなはずじゃなかったのに〜。私でも遊べるもので仲直りできるって中野原さんが言ったのに〜。なんでこうなるの〜⁉」

（中野原さん……。ああ、なるほど）

「唯、唯はなんにも悪くないよ。全部、中野原が仕組んだんだ。優しい唯がそんなことするはずないもんね」

泣きじゃくる唯の頭を撫でながら、優しくなだめる。

事の顛末はわかった。

唯は仲直りしようと考えてくれた。そこまでは問題なかった。ただ、相談したのが、唯の知り合いのゲーマー中野原。ゲーマー仲間では、悪逆非道を尽くす鬼畜ゲーマーと名高い人間だ。唯の気持ちを知り、「簡単だし、仲直りにぴったりだよ」とか言ってすすめたんだろう。

この展開を予想し、今頃高笑いしているにちがいない。

落ち着いてきた唯が少し涙声で聞く。

「快人君、怒ってないの？　ここまで酷いことしたのに……」

「怒るもんか、たかがゲームだよ。むしろ、唯が一緒にゲームやろうって言ってくれたのが嬉しかった」

何はともあれ、互いに仲直りしようという気持ちを確認できて一安心だ。

最後に聞いておきたかった、「この前、何に怒ってたの？」は聞かないでおこう。

あと、中野原。覚えてろよ！

唯編

「なんでこんなこともわからないの⁉」

デートの最中、快人君にカッとなって言ってしまった。お互いに険悪なムードになり、そのままデートはお開きになってしまった。自分でも、なぜそんなことを言ってしまったのか、明確な理由がわからなかった。

家に帰ってベッドで膝を抱えうずくまる。

「私、なんて酷い女なんだろう……」

ずっと後悔の念が頭から離れない。

（電話で謝ろうかな……でも、それじゃ適当過ぎるかな）

そんなことをぐずぐず考え込んで、結局眠るまで何もできずに過ぎてしまった。

（明日、ちゃんと謝り方と仲直りの仕方考えよう……）

眠気と後悔の中、私の意識はぼやけていった。

翌日、早速、仲直りの仕方を考える。

（どうしよう……。普通に謝るだけなのもなあ。快人君とうまく仲直りするには……）

ここで閃いた。

（そうだ！　快人君、ゲーム好きだよね。ゲームで遊んで仲直りってどうだろう。二人とも楽しい気持ちでうまくいくんじゃないかな）

しかし、大きな問題点にぶつかる。

（でも、私、ゲームしたことないし。初心者でも遊べて盛り上がるものなんてわからないよ……。相談できる人って言っても、知り合いでゲームするの中野原さんだけだよね。一度自分でも調べてみよう）

結局、三日間調べて収穫なし。やっぱり中野原さんに相談することにした。

「えっと、『快人君と喧嘩しちゃって、仲直りできそうなゲーム知りたいんだけど、ありますか』」

すぐに既読が付き一言。

『リア充のとこなどしらん』

(はぁ、そうだよね〜)

ため息をついた直後、コメントが取り消され、

『いいものありまっせ、奥さん！　操作簡単でわいわい盛り上がるボードゲームが』

(え、操作簡単で盛り上がる⁉)

「奥さん」は引っ掛かるけど。

『タイトルは……』

「ふんふん、なるほど。ありがとう、中野原さん」

(せっかくだし、ソフトをプレゼントしちゃってもいいよね。週末に快人君の家に持って行っちゃお)

中野原さんに感謝しながら週末を迎える。

日曜日、快人君の家の前。買ったばかりのソフトを抱えている。

いざ来てみるとすごく緊張する。とにかくインターホン鳴らさないとだよね。

(うわ〜、押しちゃった。快人君、出てくるよね。はっ、もしお父さんとか出てきたらど

うしよう）

そうこうしているとドアが開き、快人君が顔を出す。

（私から言い出さなきゃ！）

「あのさ、この前……」

「あのさ、仲直りに一緒にゲームしよ？」

（やっちゃった～⁉　快人君が何か言おうとしてたのに）

反省しながら買ってきたソフトを出す。すると、快人君の顔が心なしかひきつっている。

（やっぱりふざけていると思われたのかな……もしかして仲直りしたくないのかな⁉）

「仲直りするの、いや？」

「いやいや、仲直りしたいよ！　さあ、やろう。せっかく唯が買ってきてくれたんだもんね、あはは……」

快人君は笑顔で部屋に案内してくれた。

そして快人君は慣れた手つきでゲーム機を起動してソフトを立ち上げる。ゲームで使うキャラクターを選ぶ画面になると、

「あ、このキャラ強そう～。唯、せっかくだし強いキャラ使ってみたら？」

とおすすめしてくれた。だけど仲直りが目的だし、

「うーん、せっかく楽しく遊ぶんだし、あんまり勝ちすぎてもな～。あ、この子かわいい」

服装のかわいいキャラクターを選ぶ。

「ホントにその子でいいの？　説明書見ると上級者向けって書いてあるけど……」

「いいのいいの。操作は簡単なんだし、なんとかなるよ」

（私が失敗しないように心配してくれてるのかな）

快人君の優しさに感激していると、快人君もキャラクターを決めた。

「あれ？　この二人似てない？」

「その通り。原作アニメで前世では双子だったんだ」

快人君のアニメ知識はすごい。私が覚えるのに一苦労のことを、あっという間に覚えてしまう。

「へぇ～。そうなんだ。さすが、そういうの詳しいね。あ、名前変えれるのか～。じゃあ、『ゆ、い』と」

やっぱり二人で遊ぶんだから自分の名前入れたい。快人君も自分の名前入れてくれるかな、と期待していると、

「じゃあ、『か、い、と』っと。ステージは一番簡単なところでいい？　細かな設定はやるから」

やっぱり快人君。こっちの気持ち、わかってくれていた。

「うん、お願いね」

満面の笑みで設定している快人君を見つめる。


ゲームが始まり、最初のサイコロが投げられた。資産をよりたくさん集めたほうが勝ちみたいだけど、内容はよくわからないから、とにかく前に進む。さすがの快人君も慣れないゲームだとミスをするみたいで、私が先にボスにたどり着いた。ボスを倒した先に宝箱がある。これを取れるかどうかでだいぶ違うみたい。

説明書で各キャラクターには必殺技があることは確認してたから、

「あ、ボスだ～。確かこの子、必殺技持ってるんだよね？」

どんな技か聞いてみる。

「うん、サイコロ振って偶数が出たら一撃で倒せるっていうやつね。ただ……」

（やった！　決まれば勝てるんだ。それなら使っちゃえ）

「えい！」

「奇数が出たら自分が死んじゃう……」

（えっ？　ボタン押しちゃった）

コロコロ、ポテン。

3が出ちゃった。テキストで『ゆいは死んでしまった』と出て、スタート地点に戻された。

（『死んでしまった』とか、そんな不吉な言われ方するの⁉　それなら実名使わなければよかった……。でも今さら変えられないよね）

「あー、負けちゃった。むむ、次こそは」

振り出しに戻されちゃったけどまだ始まったばかりだし、と自分を納得させていると、

「じゃあ、ボスも遠いし、ランダムな場所に飛べるこのアイテムで。どこに飛ぶかな～」

快人君はアイテムで移動するみたい。

（もしかして、私が戻るまで待っていてくれるのかな）

しかし快人君はボスに直行して、必殺技で倒してしまった。

（あはは……。そんなわけなかったか。でも！）

「まだ序盤だよね。巻き返すから！」

それから数十分。なんだか快人君ばかりいいことが起こって、散々な状態になっていた。

（なによ！　仲直りしようって言ってるのに！　いくら私が慣れてないからって、ここまでコテンパンにしなくても。私だってやり返してやるんだから！）

説明書を見ると、イベントでいろいろなことが起こるみたいだし、お仕置きみたいのもあるようだ。そんな時、

「そろそろ終わろっか？」

（勝ち逃げする気？　そんなことさせないんだから！）

「最後までやる……」

私の思考はいかに快人君にお仕置きするかにシフトしていた。そしてまさにうってつけのイベントが起こる。

なんだかよくわからないけど、十回好きなことができるみたい。

（今さら謝っても許さないんだからね！）

「え、こんなイベントあるんだ。どれ選ぶの？」

「決まってるじゃない。まず『自分の能力値を最大にする』でしょ？」

「うんうん、それから？」

「『他のプレイヤーの能力値を下げる』でしょ？」

これからが本番だ。

「他には？」

「あとは全部、『他のプレイヤーを自分のところに呼ぶ』」

私のお仕置きプランは実行に移された。無慈悲に呼びつけられた快人君にまずは一発。さらに間髪容れずに七連打。

（ふん、いい気味よ！）

やってしまってから気づく。

（って、私、何やってるの～⁉　こっちから仲直りしようって言ってきたのに、快人君をぼこぼこにして喜んでるなんて。あ～！　私、最低だ～！）

涙がぼろぼろ溢れてくる。私は快人君の目の前で大泣きしていた。

「こんなはずじゃなかったのに～。私でも遊べるもので仲直りできるって中野原さんが言ったのに～。なんでこうなるの～⁉」

もう嫌われた。そう思って泣きじゃくる私に、

「唯、唯はなんにも悪くないよ。全部、中野原が仕組んだんだ。優しい唯がそんなことするはずないもんね」

快人君はそんな言葉をくれた。そして頭を優しく撫でてくれる。私は泣きながら、

「快人君、怒ってないの？　ここまで酷いことしたのに……」

「怒るもんか。たかがゲームだよ。むしろ、唯が一緒にゲームやろうって言ってくれたのが嬉しかった」

そんな笑顔の快人君が眩しかった。私はやっぱりこの人を好きになってよかった。そういう思いでいっぱいだった。

なんだか違う形になっちゃったけど、仲直りできたよね？

なんでも当たる占い屋

俺の名前は金田等《かねだひとし》、高校二年生だ。俺は人と話さない。言葉が話せないわけではないが、面倒事を避けるために、あえて話さない。

学校には通っているが、最近ではクラスでも異端児扱いになっている。まぁ、望むところなので特に気にしない。一年の頃は声をかけてくる奴もいた。俺が返事をしないでいると、変なやつと言って去ってゆく。

誰とも関わらなければ面倒は起きない。最低限授業を受けていれば、学校としても問題ない。こうして災いが降りかかるのを避けているのだ。

五月のある日、街で「なんでも当たる占い屋」という看板を見かけた。どうせ変な占い屋ですぐに潰れるだろう、と思っていたが、二ヶ月ほどしても潰れる気配がない。むしろクラスで、本当によく当たると評判になってきている。

俺は人と話すのが嫌いだが、こういう胡散臭いのはもっと嫌いだ。

あることを閃いた俺は、この占い屋を訪ねることにした。


商店街の裏路地にある貸ビルの店舗前に来た俺は、占い屋の扉をノックする。扉の前で立っているだけ、というのが俺の戦略だ。

ノックからすぐに「はーい、開いているのでどうぞ～」と、間延びした女性の声が聞こえてきた。

俺は戦略通り無言で立っている。しばらくして、「面倒ならドア開けますよ～」という予想外の返答がくる。「面倒」というキーワードだ。俺の戦略が読まれていた。

当てられたのを認めるのは癪なので扉を開けて入る。室内は八畳ほどの一部屋で小さな冷蔵庫が置かれていて、型の古いエアコンが苦しそうに冷気を吐き出している。テーブルと二つの椅子があり、怪しさはむしろないほうだ。

「よかった、いたいた。はじめまして～。今、お茶出すから、ちょっと待っててね～」

女性は奥の冷蔵庫からやかんを取り出し、コップに麦茶を注いでいる。

俺は当初の戦略通り無言で席に座る。席に着いても黙っていると、

「えーと、話しにくいことなのかな？」

予想適中！　この占い屋は当たらない、と思った次の瞬間、女性は肩をすぼめて、

「じゃ……ない、みたいね」

ため息混じりで残念がる。

「たまにいるのよね～、『なんでも当たる』っていうのを否定したいために来る人が。あなた、そういうのが狙いなら、行動と口元には気をつけなさいね」

行動？　口元？　何のことだ？

「まず、あなたは最初のドアのノックからしばらく入ってこなかった。戸惑っている人なら、こちらから声をかければ反応することはある。ただ、あなたの入ったタイミングとドアノブのひねり方。声をかけてすぐ反応して、恐る恐るでもない」

女性はさらに続ける。

「そして、こちらが言いにくい悩みかと聞いたら、口元が緩んだわ。安心というより、してやったりの口角の上がり方ね」

確かに、自分の心情からそうなっていたのかもしれない。

「とりあえず、そんなとこかしら。私は水晶玉も使わなければタロット占いもしない。洞

察力や経験則で占っているのよ。あなたみたいな方がたまに来るから、納得してもらえたら、お茶代だけもらってお帰りいただいているの」

女性はそう話をまとめる。

よく考えれば、お茶が水道の蛇口から出てきたわけではない。どうせお金を取られるなら、麦茶はいただいておこう。

「ぷっ。あなたって、もしかしてかなりお金にシビアなの?」

と女性は吹き出した。

「あ、ごめんなさいね。『お茶代いただく』って言った瞬間に飲み始めるものだから」

すごい洞察力だ。

確かに俺の家は貧しく、「あまり余計なことに金を使わないように」と、耳にタコができるほど言われてきた。

そして女性は、俺の核心的なところに触れる。

「あなた、もしかして普段から話さないの? 無理に答えを聞くつもりはないけど、それってもったいないわよ」

「勝手だろ……」

しまった。つい、普段から気にしていることを言われて、反応してしまった。

「あら、いい声してるじゃないの。なおさらもったいないわ」

なんとも突拍子もないところをいきなり褒められた。自分の声など気にしたこともなかったのだ。

「俺がいい声なわけない。周囲の奴もそう思っているさ。根暗で偏屈な人間だって」

もう関係ないので言葉で返すが、

「う〜ん、でも、あなた自身が認めたくないいんじゃない？」

女性は真のところを当ててくる。

「だって、あなた今、うつむいて寂しそうに言葉を発したわ。それって、本当は自分はそうはなりたくない、っていう時にすることよ」

「俺だって、やりたくてやってるわけじゃ……」

「じゃあ、さっき声がいい、って言われた時は嬉しくなかった？」

女性は突然質問を変えた。

嬉しくなかったか。今までそんなことを言われたことがなかったので考えもしなかったが、確かに少し嬉しかった、のか？　心の奥底で小さな温かさが湧いたような気がする。

こんなことを言ってくれる人を、俺は詐欺師みたいに考えていたのかと思うと、途端に恥ずかしくなり、

「悪い。俺、あんたが変ないかさまとかして、騙して金を儲けてるんじゃないかって。だから、当たるっていうことが嘘っぱちだと証明したかったんだ」

と素直に打ち明けた。女性は怒ることはなく、優しい笑みをたたえながら、

「あなた、本当は優しい人なのね。だって自分が被害に遭ってもいないのに、それを確かめに来たんでしょ？　誰かが悲しまないように」

そうなのかもしれない。この女性が仮に誰かを騙していても、俺には何も害はない。なのにここにいる。勝手な正義感と言ってしまえばそれまでだが、誰かのためにという気持ちが微塵もなかった、とは言い切れない。たぶん、ないと言ったところで、目の前の女性はそうは言わないだろう。

「あなたは、あなたのいいところをまだ知らないだけ。だからもう少し人と関わってみたらどうかしら。きっと見つけてくれる人がいるはずよ」

「そう、なのかな……」

俺は恐る恐る聞いてみる。

「大丈夫よ。だって私ですら見つけられたんだから」

「でも、あんたはすごい洞察力があるだろ？」

女性が苦笑いしながら、

「あのね～、洞察力って、ほとんど経験したことから想像してるだけなのよ。相手の考えを抜き取るとかはできないんだから。それに私、自慢じゃないけど学生時代は友達一人もいなかったの。だから、あなたがたとえ今一人でも、いくらでも変わっていけるわ」

女性は自信を持って胸を張る。その言葉を聞いて俺の中のくすんだ水晶が少し輝いた気がした。

「そうか……俺でも。悪い、邪魔した、帰る。お茶代いくらだ？」

「十円よ」

にっこりと微笑み十円玉を受け取ると、「もう、来なくて大丈夫よね？」と聞く。俺は黙って頷き、扉へと向かう。

背を向けているのに女性が手を振っているのがわかった。

風鈴の木

僕の村に御零木と呼ばれる木がある。いくつもの風鈴が飾られた一本の木。秋の彼岸の頃、その年に亡くなった人の名前を風鈴の舌《ゼツ》に書いて、その木に飾る風習があった。御零木にかかる風鈴の音によって、霊は空に帰り、御零木の根を伝って肉体は大地に還るという。

なぜ「零」の字が「霊」でないのかは定かではないが、すべてがゼロに還るという意味らしい。

しかし、その御零木に風鈴を飾ることが許されない一族があった。古見木《こみき》家だ。なんでも、十代以上前に大罪を犯し、それ以来ずっと村人からは避けられていた。しかし、なぜか村から追い出されるわけではなく、子どもも村の学校へ通えた。ただ「古見木家の者には関わるな」と親から子へと伝えられるのだった。

今年も彼岸が近づき、学校では零鈴祭の話題で持ちきりだった。

零鈴祭とは、飾られた風鈴を、去年亡くなった人から今年亡くなった人のものに取り替えるために行われる慰霊祭のようなものだ。しかし子どもたちにとっては、出店に心踊るお祭りでしかない。

皆、はしゃいでいる中、一人うつむいて無言の少女がいる。長い黒髪の冷たい瞳をした少女。名は古見木霞《かすみ》、古見木家の一人娘だ。

常に無表情の霞は、一人孤立していた。しかし、僕はそんな霞をなんとか助けてやりたくて仕方なかった。なぜなら僕は幼い頃から霞が好きだったからだ。それを大人たちが許さないのは知っていた。それゆえ、常に自分に嘘をつき続ける日々が八年も続いていた。

悲しい目で霞を見ているると友達が話しかけてくる。

「なぁ、良樹《よしき》。お前のばあちゃんの風鈴外すの、お前がやるのか？」

話しかけてきたのは隣の机の博仁《ひろひと》だ。零鈴祭では風鈴を飾ってある家の一番若い代の長子が取り替えを行う決まりがあった。

「ああ、そうだよ。去年はお前のとこのやつ、博仁がやったんだっけ。どんな感じだった？」

訪ねると複雑な表情をして、

「木に触った瞬間に暖かい何かに包まれた……みたいな変な感じ」

「何だよそれ、幽霊か何かか？」

苦笑いしながらからかう。

「よくわかんね。とにかく、あの木は普通じゃないぜ、たぶん」

「まあ、死んだ人の名前をぶら下げる木だからな」

そして、博仁は顔を近づけ、小声で話す。

「それはそうと、今年の零鈴祭に霞が来るの知ってるか？」

「えっ、でも古見木家はあの木に風鈴、飾れないだろ」

博仁は眉をひそめながら言う。

「俺もよくわからないけど、母ちゃんたちが話してたのを聞いたんだ」

二人してちらりと霞を見る。霞は相変わらずの無表情だ。何かしらの事情があるのか、あるいは単なる噂なのか。でも、もし、古見木家が御零木に関することから解放されるのなら……。そんな微かな祈りに似た感情を抱いていた。

そして、零鈴祭当日。

村の大人たちは準備に追われ、子どもたちは祭りの待ち遠しさでそわそわしていた。この日は大きな街から、出店を開くため、零鈴祭を見に来るためなど、たくさんの人がやって来る。年に一度、この村が活気づく時だ。

会場の設営が始まった。御零木を囲むように十二本の行灯が等間隔で並べられ、その外側に出店などが立てられていく。各家庭から持ち寄られた仏壇のろうそくの火を、行灯や提灯に灯していく。

日暮れ頃には準備は終わり、祭の開催を知らせる花火が一発だけ打ち上がる。儚い紫色の光が行灯の灯る広場の上空に美しく花開き、零鈴祭が始まった。

まずは集まった全員で御零木を囲み、祈りを捧げる。そして、風鈴を取り替える役目の者が歩み出て、木から風鈴を外す。いつもは亡くなった人の家族がその後に続くのだが、今年は村で亡くなった人はいなかった。

そんな人たちの中になぜか霞がいる。周りの大人たちも止める気配はない。

困惑しながらも、風鈴を外すために木に触れたその瞬間、

チリン――チリン――……

風鈴が一斉に鳴り始め、視界が歪む。激しい頭痛とめまいで倒れ込む。薄れゆく意識の中で、ひたすらに風鈴の音だけが響いていた。

気がつくと、御零木のそばに一人倒れていた。周囲を見渡すが誰もいない。十二本の行灯が不気味に立っている。

辺りを見回していると、行灯の一本に怪しい紫の灯が灯る。そして、そこから時計周りに一本ずつ順に灯が入っていく。十二本すべてに灯りがつくと、それぞれの行灯の下に一人ずつ白装束を着た人が立っていて、御零木の下には霞が立っている。そして、一人ずつ話し始める。

「我らは、古見木家代々当主」
「我らは、この村に封じられし鬼の封印」
「我が一族は、鬼の贄」
「贄が途絶えし時、鬼は復活する」
「鬼が復活せし時、国は滅びる」
「何としても、滅びを阻止せよ」

「霞では足りぬ」

「零木に贄を捧げよ」

「汝は贄、足りえる」

「十三人の贄により封印は完成する」

「愛しき者を守りたくば」

「汝を捧げよ」

そして十二人が一斉に叫ぶ。

「汝を捧げよ！」


その叫び声で目が覚める。意識が戻ると御零木に触れたまま立ち尽くしていた。急いで霞を探すが、どこにもいない。

慌てて走り出し、村長を探すと詰め寄る。

「霞は！　霞はどこですか⁉」

「霞なら家に帰ったよ。これ以上関わるな」

僕は青ざめて叫んだ。

「霞を生け贄にするんですか⁉　やめてください！　霞じゃ、生け贄として足りないんです！」

村長は目を丸くし、僕に詰め寄る。

「お前、なぜそのことを知っている！　代々村長のみに、しかも口伝でしか伝えられておらんのに！」

「見たんです！　御零木の下で十二人の人を！　そして霞を！」

「見たとな。では話も聞いたのか？」

「はい、僕なら生け贄として使える、ということも」

「そうか……」

そこまで言うと、村長は黙ってしまう。そして意を決したように頷くと、悔しそうに話し始める。

「わしとて、霞のような娘を贄としたくはない。しかし、今年は村で死者が出ておらぬ。そして、霞は最後の古見木家の人間。もう、あの家の者はおらぬのだ。とにかく、御零木に風鈴がないということが問題なのじゃ」

「どういう……ことですか？」

村長は後ろを向いて答えた。

「鬼はな、死人の魂を食って怒りを収めている。食う魂がないと、奴は怒り、天災を起こす。すべてがなくなるほどのひどい天災を。御零木に風鈴を飾るのは、木の下に眠る鬼に、風鈴を通して死人の魂を食わせているのじゃ。ただ、鬼への生け贄は毎年必要なわけではない。古見木家の者は死者が出なかった年、犠牲になってきた。古見木家の者の魂には鬼を封じる力がある、とされておる。毎年、魂を食えると思っている鬼なら迷わず魂を食うだろう。古見木家の魂で、鬼に少しずつ毒を盛る。こうして生け贄を重ねてきたのじゃ、あの家は」

「じゃあ……僕のばあちゃんの魂も食わせたんですか?」

村長を睨む。

「ああ、そうじゃ。しかし、すべてくれてやるつもりはない。風鈴の音で空へ返すというのは本当じゃ」

「それなら、あんな木、切り倒してしまえばいいじゃないですか!」

僕は語気を強める。しかし、村長は首を横に振り、

「切り倒すことができないから、こうしておるのじゃ……」

諦めたように呟く。

「過去に、お前と同じ考えをもった者たちがたくさんいた。じゃが、鋼の斧でもあの木には傷一つつかんのじゃ。そして、斧を振るった者は、ことごとく災いに遭い死んでおる」

「そんな……」

僕は絶望しかける。でもこのまま霞を見殺しにはできない。ならば代わりに自分が死ぬのか？

そこへ一人の大人が駆け込んできた。

「村長、庄屋のおじいさんが！」

「わかった、すぐに行く。良樹、お前はここにいなさい」

呆然としている僕を置いて行ってしまう。

村長は村人の前に立ち、

「皆、聴いてほしい。過去に零鈴祭当日に死者を出すことはなかったが、特例とする。庄屋の家の者は風鈴に名前を書いて持って来るのじゃ。葬儀はその後に行う」

ざわざわとどよめきが起こる。しばらくすると、庄屋の家族は風鈴を差し出して飾った。

「すまぬが、事が事じゃ。祭りはこれで終わりとする」

子どもたちからは残念がる声が漏れる。村長はそれを制止しながら、

「明日、庄屋の葬儀を行う。参列できる者はなるべく出るように」

と祭りを締めた。そして、呆然としている僕に、

「良樹、霞もお前も今年、贄にならなくても済んだ。だが、来年はわからぬ。覚悟をしておくのじゃ」

「待ってください！　あの木は本当に切れないのですか？」

村長は絶望的な声で答えた。

「あの木に傷をつけるには百の魂が要るとされておる。しかし、物に魂はない。ゆえにあの木を切ることができぬのじゃ」

それを聞いた僕は閃いた。

「それなら、風鈴があるじゃないですか！　あの木を通して魂を送っているなら、風鈴には魂がこもっています」

「なんと！　硝子の斧で切り倒すというのか？」

僕は必死に言った。

「それしか方法が！　どのみち生け贄にされるなら、それくらいはさせてください！」

村長はしばし考え込む。そして家の奥に入っていき、鍵の束を持ってきた。

「神社の境内にある風鈴の保管庫の鍵じゃ。あそこには一万個の風鈴が納められておる。お前に、霞の、この村の命運を、託してもよいか？」

「はい！　霞も、この村も救ってみせます！」


それから半年をかけて、倉庫から風鈴を山の中にある庵へと運んだ。

鍛冶職人の庵だったらしく、炉があり、そこにこもり風鈴を溶かしては固め、溶かしては固めて、斧作りを始めた。霞は事情を知ったのか、時々やって来ては食事を置いて行ってくれた。相変わらずの無表情ではあったが。時折、手作りであろう、形は不恰好だが、心のこもったおにぎりが添えられていた。


一年かけて柄ができ、一年かけて刃を完成させた。その間、零鈴祭の花火が上がることが、死者が途絶えていない報《しら》せだった。そしてさらに一年後、ついに風鈴で作った硝子の斧が完成した。澄みきった勿忘草色の硝子の斧は暖かな光を放っていた。

夏も終わりかけた頃、僕は三年半ぶりに山を下りた。髭も髪もボサボサに伸びて、ひどく不恰好だったが、一刻も早く斧を見せようと村長の家を訪ねた。

「村長、良樹です。やっと斧が完成しました」

しかし、呼び掛けに返事はない。

「村長？」

すると、後ろから声をかけられた。

「君は……良樹君なのか？」

「はい、御零木を切り倒す斧を作るために山にこもっておりました」

村人は安堵と悲しげな表情を浮かべていた。

「そうか、これで村長も安心できるだろう」

「あの……村長はどうかされたのですか？」

村人は肩を落としぼつりと言った。

「去年亡くなられたよ」

「えっ？」

「去年は村で死者が出なかった。そして『希望がまだ残されている。わしはその礎となる』という遺書の隣に倒れられていた。自ら村人の代わりとなったのだ」

それを聞き、目をつむると、

「村長……、必ず、成し遂げてみせます……」

拳を握りしめ、小さく呟いた。


御零木の元へやって来た僕は、霞のおにぎりをほおばり、斧に祈る。

「この村の皆さん、どうか、お力をお貸しください」

そして、斧を振りかざすと目一杯の力で振り下ろした。御零木に斧が突き刺さった瞬間、おぞましい怨嗟の唸り声が上がり、幹に傷がつく。これならいける、そう思った矢先。風鈴の斧に小さな亀裂が入る。

「本当に百の魂を持っていかれるのか⁉　でも、ここで止めるわけにはいかないんだ！」

僕も必死の形相で斧を振るい続ける。

九十九回切りつけたが御零木は倒れない。風鈴の斧は、いつ砕け散ってもおかしくないほど、無数に亀裂が入っている。

そして百回目。振り下ろした斧が首の皮一枚にまで切り込みが入っている幹に突き刺さった。が、倒れない。風鈴の斧がパリパリと音を立てて崩れ始める。

「まだだ！　僕の魂をまだ食われていない！　これで最後だぁ！」

僕は自分の命をかけた一振りを叩き込んだ。

風鈴の斧は粉々に砕け散る。御零木には致命的な傷は入ったが倒れない。

「倒れろ！　この疫病神！　霞は僕が守るんだぁー！」

消え去りそうな意識の中、御零木に思い切り体をぶつけた。そして砕け散った斧の淡い光の中、僕は昏倒する。倒れた僕をその光が優しく包んでいった。


頭の上にひんやりとしたものがのっている感覚でうっすらと目を覚ます。霞が僕の顔を心配そうに覗き込んでいた。布団の横にはたらいや手拭いなど、いろいろなものが置かれていた。介抱してくれたのだろう。

僕は戻りきらない意識で、

「御零木は……」

霞に訪ねる。霞は涙を滲ませる。

「駄目だったのか？」

すると、泣き顔と笑顔が混ざった表情で、霞は首を横に振る。

「切り倒せたんだな……」

こくこくと頷く霞。僕は安堵し再び意識を失った。霞は僕が死んでしまったと思ったのだろう。必死に名前を呼んでいたようだ。


それから一ヶ月。

霞の介抱のおかげもあり、僕は普通の生活を送れるようになっていた。後から知った話だが、僕の家系は何十代も前に分かれた古見木家の分家だったらしい。

そして、そろそろ零鈴祭の時期だ。

倒された御零木の根元からは古い書物が見つかり、本来の零鈴祭とは、御零木に風鈴を飾らなくてよいことを祝う祭りだとわかった。今年は霞と零鈴祭に行く約束になっている。

一張羅の浴衣を着て、霞を迎えに行く。霞も浴衣姿で照れくさそうに下を向いていた。

僕は霞の手を握ると、霞は顔を真っ赤にしておろおろしている。気を取り直して、

「それじゃ、零鈴祭に行こうか」

「うん……」

霞は小声で返して頷く。

霞との会話。まだ、これくらいしかできていない。だが、焦る必要はない。僕も霞もまだこれから先、何十年も生きられるのだから。

夢世の羽衣織り

満月の夜。双頭の山羊の背に乗った男が一人。誰も見ていない真夜中に、夜空をゆらりゆらりと揺られていく。満月はうっすらと赤く輝いている。

男はあまねく星のように輝く金髪に、昼間の空より透き通ったブルーの瞳。細身の長身にきらびやかな蝶の刺繍の施された着物を纏い、眼下に広がる夜景を眺めていた。

「今宵も綺麗な夜景ですね」

切れ長の瞳に月の光を反射させて、誰に言うでもなく男はこぼす。

「でも、こんな綺麗な夜にも、消える命がまた一つ」

そう言うと、山羊にかかる手綱を引く。

「さてさて、あなた様の願いはいかほどか……」

双頭の山羊に揺られ、ゆっくりと夜空から下りていくのだった。

比較的小綺麗に片付いたアパートの部屋の真ん中に倒れた二十代半ばの男。

そのすぐ脇にその男が死人となって立ち尽くしていた。部屋の壁や棚には、アイドルのポスターやらグッズやらが大量に並んでいる。

死んでしまったのは沖代健吾《おきしろけんご》。死因は口の中に頬張った唐揚げを、しゃっくりをした際にのみ込んでしまい、喉に詰まらせたという、なんとも気の毒なものだ。

「ああ、なんでこんなことで死んでしまうんだ……。まだまだ『かなたん』を応援しなきゃいけないのに」

かなたんとは、末倉かなたというアイドルで、健吾は足しげくライブに通いつめていた。稼ぎのほとんどをグッズ購入にあて、ひたすら応援していた、いわゆる『推し』である。明後日の休みにもライブに行く予定だった。

呆然としている健吾の隣に、ゆっくりと山羊に乗って夜空から金髪の男がやって来る。山羊は足音もなく壁をすり抜け、健吾の後ろへと下りてきた。

「これはこれは、あまりにご無念でございますね」

ひらりと山羊から下り、男は残念そうに声をかける。突然声をかけられた健吾は驚き、

「うおっ？　誰だよ、あんた⁉」

とっさに身構える。金髪の男は優美な仕草で一礼して、

「わたくしは死者の羽衣織り。名を陣羽《じんば》と申します。あなた様が望むなら、願いが一つだけ叶う羽衣を織ってしんぜましょう」

健吾に微笑む。その微笑みは、相手を試すようで、少し嫌味に口元がつり上がっていた。

陣羽は続ける。

「ただし、その羽衣を織るためには、あなた様の魂を少し拝借しなければなりません。なにせ、死人のあなた様をこの世に留まらせるためのものですので。そして、ここからがご注意いただきたいことです。羽衣を羽織っていると、あなた様は転生することができません。そして、羽衣は一度羽織ると、脱ぐことができません。わたくしとしましては、さらりと転生されることを強くお勧めいたしますが……」

自分の織る羽衣の説明をする。健吾は、

「願いの叶う……例えば今、俺は死んでるわけだけど、生き返りたい、とかでもか？」

できはしないだろう、といった顔で尋ねる。ところが、

「ええ、もちろん。ただ、その場合ですと、どこに行くにも羽衣姿。風呂でも脱げず、寿命が尽きるまで死ねませんが」

「うぐ、さすがにそれは……」

あっさり返されて言葉に詰まる。

「かなたんは応援していたいけど、羽衣姿でライブに行くのはなあ。電車でも目立つし……」

考え込んでしまった健吾に、

「ライブに行くだけなら、羽衣に願いをこめて死人で見に行けばいいではないですか。ライブも無料で、楽屋も覗き放題でございます」

そそのかすように陣羽は言う。口元には先ほどの嫌味が覗いている。

「そうか、この世にいられるなら、生きてなくても応援できるのか。なら、かなたんがずっとアイドルでいてほしいって願いを込めて……」

うんうん、と健吾は頷く。

「えっと、陣羽さんだっけ？　俺に羽衣を織ってくれ」

「本当によろしいので？」

「もちろん」

陣羽は確認を済ませると、両手を広げ、ひらりひらりと蝶のように優雅に舞う。すると、淡いピンク色に光る糸車が陣羽の目の前に浮かび上がった。背後からは赤く輝く月が照らす。と同時に、健吾の体から赤い球体が抜け出て、真ん中から細長い糸のようなものがするすると伸びていく。

「想いは慕情のピンク、魂は情熱の赤でございますか」

糸車と球体の色を見た陣羽はそう呟く。そして、舞いながら、

「夢世に回れ、糸車。死手の羽衣、紡ぎてここへ……」

まじないを唱える。糸車がゆっくりと回り出し、赤い糸を巻き取っていく。そして、糸を巻くほどに輝きを増し、糸車がいっぱいになるまで巻き取ると、眩い閃光とともに一枚の羽衣が陣羽の腕に舞い落ちた。

「これで完成にございます」

陣羽が真っ赤な羽衣を広げると、

「なかなか格好いい羽衣じゃないか。それじゃ、さっそく袖を通して……」

満足気な健吾は腕を入れる。肩まで羽織ると、固い金属で締め付けられる感覚とともに、前でひとりでに紐が結ばれる。息苦しい。

「あの、これ。すごくきついんですけど……」

　陣羽に不信感の目を向ける。陣羽は忘れていたとばかりに、

「ああ、お伝えしていませんでした。わたくしの羽衣は着心地はよくはありません。なにせ、放っておいたらあの世に行ってしまう方を、この世と同じ場所、夢世に『引き留める鎖』ですので」

　説明を付け加える。健吾も、まあそういうことなら、としぶしぶ納得した。

　明後日のかなたんのライブへ行ける。これからもずっと。そのためなら多少のことは我慢しよう。

　そう折り合いを付けると、

「陣羽さん、羽衣ありがとな」

　陣羽に礼を言う。陣羽も今回は嫌味の交じらない笑顔で、

「いえいえ、どういたしまして。また、何かご用があればお呼びください。満月の夜には、この近くをふらふらしておりますので」

　そう告げると双頭の山羊にひらりとまたがり、ゆっくりと空へと昇っていった。

　残された健吾は、その後ろ姿をぼんやりと眺めていた。

とりあえず、夜も更けてきたので眠ろうとする。しかし、一向に眠気が来ない。そのうち眠れるはずだ、と信じていたが、結局、眠気は欠片も来なかった。どうやら死んだことにより、眠れない体になったようだ。腹も減らないし、仕事に行くこともないので、何もすることがない。暇をもて余し、近くへ散歩に出ることにした。

すぐ近くの大通りに出れば人混みの波だ。健吾は今までの癖で、人を避けて歩いていたが、真正面から皆向かってくる。ぶつかると思い身構えると、するりと健吾の体をすり抜けて行く。

「はぁ〜、本当に死んでるんだなあ」

しみじみと実感する。人をすり抜けるなら壁はどうか。鍵の掛かった扉も行けるのか、など、いろいろ試してみたくなる。どうやら、人が足を着く部分は通り抜けられないが、それ以外なら、なんでもすり抜けられるようだ。

そして健吾は悪い閃きをする。関係者以外立入禁止のライブのリハーサルへ忍び込もうというのだ。

会場まで地下鉄で行き、入り口をすり抜ける。ちゃっかりかなたの着替えを覗いて、その後、リハーサルが行われているのを一人会場で眺めていた。推しのかなたも必死に振り付けを確認している。

そこへプロデューサーがやって来た。パンパンと手を叩いて注目させる。

「えー、みんなしっかりやってるな。今回と次回をもって、かなたは卒業だ。みんなでハデに送り出すため、気合いを入れていいライブにしていこう！　かなたもラストライブはもちろんセンターだからな」

そう言ってグループのメンバーを激励する。その様子を健吾はただ呆然と見ていた。

（かなたんが卒業？　アイドルじゃなくなる？）

自然と言えば自然な反応だ。まだ告知もされていないことを、自分一人先に知ってしまったのだから。

推しであるかなたの決めたことなら尊重したい。だが、自分が転生することも犠牲にしてアイドルでいてもらおうとしたのに、早速卒業されてしまっては。このまま、推しのいない世界を延々とさ迷うのか？

健吾は羽衣の裾をぐっと握りしめる。するとプロデューサーに異変が起こる。電撃に打たれたようにびくっとすると、

「かなた、後で少し話がある。リハーサル終わったらちょっと来てくれ」

突然かなたを呼び出した。かなたは、

「あ、はい。わかりました」

不思議そうにしながらも返事をした。

リハーサルが終わり、ステージ脇の廊下で、プロデューサーはかなたに、

「やっぱりかなた、卒業はなしにできないか？」

唐突にそんなことを言い出した。かなたは驚き、

「えっ、どういうことですか⁉　ずっと前から十九歳になったら卒業って、プロデューサーとも話してたじゃないですか！　今さっきも次のライブで卒業だって……」

プロデューサーはやや虚ろな目をして、

「なんだか急に卒業させてしまうのが惜しくなってね。ほら、人気も絶頂だろ」

先ほどの言葉を覆す。かなたはうつむき、

「少し考えさせてください……」

そう言うと、足早にその場を去っていった。

この一部始終を見ていた健吾には思い当たることがあった。自分の羽衣にかけた願い。

軽い気持ちで、ずっとかなたはアイドルで、という願いが影響しているのではないだろうか。

さすがにかなたが心配になり、後をつけていくと、

「十九になったら帰ってくるから、それまで待っててって言ったのに……。約束守れないの？　家族のみんなになにも何て言えばいいの？」

かなたは涙をこぼしてスマホを握りしめていた。その悲痛な表情は健吾の胸を激しく締め付けた。自分の勝手な願いが、大好きなかなたを苦しめている。こんな顔をさせるために願ったわけではないのに。

こんな羽衣なんてなくなればいい。そう思い、必死に羽衣を破ろうとする。だが、一度纏った羽衣は張り付き、健吾の力ではどうすることもできなかった。

「こんなものがあるから、かなたんを苦しめてるんだ。俺はもう死んでるからどうでもいい。かなたんが不幸な世界になんて、とどまる意味なんてあるものか！」

羽衣を切ろうと視界に入った鋏に手を伸ばす。必死で鋏を持とうとするが、すり抜けて掴むことができない。

「くそっ、なんでだよ。もう必要ないのに！」

何度も何度もすり抜ける鋏を掴もうとする。

「陣羽さんなら、この羽衣、どうにかできるのか？　満月じゃないけど頼む！　陣羽さん、来てくれ！」

懺悔にも似た気持ちで陣羽の名前を叫ぶ。すると、辺りが薄暗くなり、健吾の周りに黒い靄が集まっていく。靄はだんだん密度を増し、健吾を覆い尽くしてしまった。健吾は暗闇の中、靄に羽交い締めにされ、動くことができない。真っ暗な中、健吾の後ろには陣羽が立っていた。

「死人の願いがどれほどの影響を及ぼすか、ご実感されたようですね」

健吾に諭すように言う。健吾は靄に羽交い締めにされたまま、

「ああ、嫌と言うほどわかったよ。本来なら俺はここに存在しちゃいけない。陣羽さんなら、この羽衣どうにかできるんじゃないか？　頼む！　俺はもう消えてもいい。かなたんが悲しまないようにしてくれ！」

すがるように陣羽に頼む。陣羽は少し意地悪く、

「おやおや、勝手に願っておいて都合が悪くなったらやっぱりやめた、ですか。それはあまりに虫がよすぎるかと」

健吾の頼みを聞き入れない。健吾は必死の形相で、髪を振り乱し、

「それでも頼む！　どんな罰を受けても構わない！」

懇願する。ここまで言って、ようやく、

「仕方ありませんね。では、あの世で裁きを受けていただきましょう。羽衣はこちらで切り取らせていただきます。残りはわたくしのものとさせてもらいますが、よろしいですね？」

健吾が承諾をする間もなく陣羽は儀式の準備を始める。健吾の周りには、怪しく紫に光る勾玉が並べられていく。そして、どうやって入っていたかわからないが、懐から一メートルはある巨大な鋏を取り出すと陣羽はまじないの言葉を唱える。

「死手の羽衣、切り裂け鋏。願いの終は、憂いも消えて……」

鋏は陣羽の前にひとりでに浮き上がると、健吾の体ごと羽衣を裁断する。痛みとは別種の、体を千切られる感覚に苦しみながらも、

「これでいい。これで、かなたんを悲しませなくて済む……」

巨大な鋏が羽衣を短冊切りに切り裂くと、健吾が纏っていた羽衣は細長い布地になり、するすると空中へ舞い上がる。そして陣羽の手元に集まり、連なって反物になった。陣羽

は反物を袖にしまうと、

「では、あの世にてお裁きを受けてください。輪廻に逆らった罪は決して軽くはありませんが、もしかしたら多少の恩赦はあるかもしれません。反物の端切れがありますので、せめてものお守りとしてお持ちください」

小さな羽衣の切れ端を渡すと、ゆっくりと一礼をする。健吾も苦笑いしながら、

「わかったよ。また生まれ変わることができたなら、今度は夢世にはとどまらないようにするよ。お守りありがとうな」

受け取った切れ端を握りしめる。付け加えるように陣羽は、

「羽衣を切り取る際に苦痛を味わっていただきましたが、あれはかなたさんの着替えを覗いた罰ですよ。死人とはいえ、倫理は守っていただかなくてはいけません」

にやりと笑う。健吾は恥ずかしそうに、あの世へと旅立っていった。

健吾を見送った陣羽は、

「死人の願いを叶えるわたくしも同罪にございますよ。いつか、そちらへ逝くことがあれば、すべての罰を甘んじて受けましょう……」

憂いを帯びた顔でぽつりと呟く。

＊

健吾が旅立った次の満月。

いつものように双頭の山羊の背に乗って、夜空をふらふらしていると、

「おやおや、これは穏やかではありませんね」

切れ長の瞳に何か映ったようだ。慌てて山羊の手綱を引くと、真っ直ぐ一軒の家へと夜空を下りていく。

今回の死人は金森優《かなもりゆう》。高校二年生だ。

死因は頸動脈損傷による失血死。いわゆる首切り自殺だ。悔しそうに唇を噛みしめ、たった今、事切れた自分を見ていた。

「絶対に許さない……」

重々しい怨みのこもった言葉を呟き、今にも怨霊になりそうになっていた。駆けつけた陣羽が、

「なにやら、大変お怒りのご様子。よろしければ、私、陣羽にお聞かせ願えませんか？」

なるべく刺激しないように、穏やかな口調で話しかける。優はうつむいて噛みしめていた口を、一度躊躇うようにつぐんでから、

「私は、自殺したの、ある女に苛められて。このまま黙って消える前に、復讐してやらなければ気が済まないわ……」

消え入りそうな声で話した。

過去の経験上、この手の死人は怨みの強さから、自らの力で怨霊になれる。だがそれは、この世に怨みがなくなっても転生できず、生者に負の感情を抱き続けることになるのだ。

陣羽は提案する。

「私は死者の羽衣織りです。あなた様の願いの叶う羽衣を織ることができます。あなた様の魂の一部を拝借させていただければ、今すぐにでもお作りしますが、いかがでしょうか？」

健吾の時とは違い、こちらから作ると言う。優はこの提案に、

「願いが叶うなら、私の魂なんていくらでもあげるわ。すぐ作って」

とりあえず、この少女の怨霊化は防げたので一息吐いて、陣羽は羽衣の説明を始める。

「わかりました、お作りいたしますね。その前に羽衣について、ご注意いただきたいこと

だけお伝えします。私の羽衣は着ていると願いが叶いますが、一度着てしまうと脱ぐことができません。着ている間はかなり息苦しく感じると思います。また、着ていると転生することもできなくなります。この点、ご了承願えますか？」

「構わないわ。あいつに復讐できるならなんだっていい」

自棄《やけ》になって説明もほとんど耳に入っていないようだ。それほどまでに、ひどく怨んでいるとは……願いで酷い目に遭わされないか、今から心配ではあったが、陣羽には優が怨霊になってほしくないと思う推論があった。

説明も終わり、陣羽は儀式を始める。蝶が羽ばたくように、ひらりひらりと舞うと、またあの糸車が現れた。だが今回の糸車は色が違う。どす黒い、禍々しさが滲み出ている。

赤い月明かりの中、少女の体からも球体が抜け出てくる。

「想いは怨嗟の黒、魂は……」

ここまで来て、陣羽は自分の推論が正しかったことを確信する。ふっと微笑んでからまじないの言葉を唱える。

「夢世に回れ、糸車。死手の羽衣、紡ぎてここへ……」

魂から伸びる細い糸を糸車が巻き取っていく。どす黒い糸車がその闇を深くして、辺りを塗りつぶさんとするほどになると、陣羽の手の上に羽衣がふわりと落ちてくる。

「さあ、これにて完成にございます。どうぞお召しください」

優は袖を通す。今回もなかなかに息苦しいはずだが、相手への怒りがまさり、さほど気にならない様子だ。

「やっと復讐ができるわ。これ、代金とかいらないわよね？」

「はい。あなた様の魂で充分でございます」

それを聞いて、優は、さてどうしてやろうかと思案を始める。

「私が死ぬほど、実際死んじゃったんだけど、とにかくつらい思いをした分、時間をかけてじっくり仕返ししてやるわ」

物騒なことを言い始める。そんな優に陣羽は、

「そうですね。しっかり仕返ししてくださいませ」

目を細め微笑むが、少しだけ悲しげな表情をしている。そして付け足すように、

「わたくしは一旦これにてお暇いたしますが、羽衣の様子を見に、次の満月にまた来させていただきます。あなた様の大切な願いの羽衣ですので」

そう言うと、傍らの山羊の背に乗り、ゆっくりと空へ昇って行く。途中で、

「死人となった際に感情が混濁することがありますので、経過を観察いたしませんと」

ぼそりと言う。


それから半月ほど経った――。

満月の夜に陣羽は優の様子を見にやって来た。優は、生前自室だった部屋で一人膝を抱えて座り、物憂げに空を見上げていた。陣羽を見つけると、

「あ、あの時の羽衣織りさん。こんばんは」

丁寧に立ち上がって挨拶する。陣羽も山羊から下りて、腰を落とし舞うように優雅に返礼する。

「こんばんは。今宵もよい満月ですね。あれから羽衣の調子はいかがですか？」

優に様子を尋ねる。優は少し戸惑いながらも、

「ええ、効き目はばっちりよ。初日はみんなの目の前で見事に転ばせてやったわ。膝を擦りむいて、今にも半泣きになりそうな顔してた」

羽衣の効能を実感していた。初めに怒りで消し飛んでいた息苦しさを、今はじわじわ感じているようで、時折胸を押さえては、

「最近は、夢で『よくも私を死なせたな～』って出てやるの」

少しだけ物悲しそうに仕返しの内容を陣羽に教えるのだった。陣羽は興味あり気に、

「それで、夢に出てからどうなさるのですか？」

優に聞く。優はきょとんとして、「え、どうって？」と言う。どうやら、夢の中には出てくるだけで、酷い目に遭わせたりはしていないらしい。

陣羽は思わず込み上げる笑みを堪えながら口に手を当てて、少し横を向くと不思議そうにしている優に、

「すみません。予想よりも、あまりにかわいらしいものでしたので」

優しく感想を言う。やはり、この少女には復讐などは向いていないのだ。そろそろ種明かしをしてもいいだろう。

「ところで、今更ながら確認なのですが、羽衣の色はそちらで合ってましたでしょうか？」

わざと含みを持たせて陣羽は聞く。

「魂の糸の色のまんまだから、合ってるんじゃないの？」

優はなぜそんなことを聞くのか、と羽衣の袖を引っ張り不思議そうだ。陣羽はわざとさを滲ませながら、

「いえいえ、その羽衣の緑色は、魂が『優しさ』でないと出ませんもので」

その言葉を聞いて、自分の隠していたことを思い出した。

自分が自殺した理由――。それはただつらいだけではなかった。優を苛めていた少女が他にも苛めている子がいたから。自分が死ねば大事になり、他の子には手が出せなくなる。相手にも、人を死なせるほど酷いことをしていた、と自覚させられる。そして、もう二度とそんなことはしないで欲しい。

これが、優の死に込められた願いだった。だが半月の間、仕返しをしていた優は、

「私は優しくなんかないよ……。相手が苦しんでるのを見て喜んでるんだから」

ぼそりと言う。陣羽は間髪容れずに優の顔を覗き込み、

「本当に心から、でございますか？」

と問う。優は少し戸惑ったが、

「だって、少し胸が息苦しい以外は何もないもの。きっと本心よ」

この言葉に陣羽は安堵する。自分の胸に手を当てて、

「そうですか。胸の苦しさはきっとあなた様の心の痛みにございます。袖のところがほつれてしまい、願いが叶わなくなっていまして、夢世に留まる苦しさがほとんどないはずで

すので」

　優しさを含んだ笑顔で優を見る。優は自分の羽衣の袖を見た。縫い合わせの部分があちらこちらでほつれている。

「どうして……」

　陣羽のほうを見て、細い声で尋ねる。

「わたくしも普段は失敗などしないのですが、さすがに想いと魂が正反対の羽衣をミスなく織るのは不可能でございました」

　陣羽の言葉を聞いて、優は涙を滲ませながら問う。

「じゃあ、初日に転んだのは？」

「偶然にございます」

「毎晩夢に出てくるのは？」

「あなた様を死なせてしまったことへの罪の意識からにございましょう」

　優はへたりと座り込んでしまう。

「じゃあ、私、間違ったこと、してない？」

　陣羽にすがるように聞く。

「いいえ、あなた様は最初に大きな間違いをいたしております」

陣羽はばっさりと断言する。それから優を優しく抱き締めて、

「自らのお命を絶ってしまったことが、とてつもない間違いにございます……」

涙が溢れて止まらない優の頭を優しく撫でる。

「だって、私……他に……思い付かなくて……」

まるで子どものようにぽろぽろと涙をこぼす優に、

「あなた様が他の方を思いやってのこととは理解いたしました。それでも、誰かのためにあなた様のお命が犠牲になってよい道理はございません。人は定められた寿命を全うするために生きる義務がございます。次こそはゆめゆめお間違えのないように」

優しく優しく諭す。

「私、次の命に生まれ変わりたい」

優は涙を拭いながら、陣羽に告げる。

「そうですね、それがよろしいかと。羽衣はこちらで引き取らせていただきますね」

陣羽も優しい笑みを浮かべて、懐から手のひらサイズの裁ち鋏を取り出した。

「死手の羽衣、切り裂け鋏。願いの終は、憂いも消えて……」

まじないの言葉を唱える。ひとりでに浮き上がった裁ち鋏は優の体から丁寧に生地を切り取っていく。切り取られた生地は寄り集まり、綺麗な瑠璃色の反物になって陣羽の手に収まる。

羽衣姿から白装束に変わった優は、

「陣羽さん、ありがとう……」

そう一言残すと、すぅっと姿が薄れ、あの世へと旅立った。

陣羽は瑠璃色の反物を見つめて、

「あなた様のお心は、これほどまでに美しいのでございますよ。来世でも、失われることのないよう祈ります」

優が旅立った空を見る。

陣羽は反物を袖にしまうと、いつの間にやら後ろにやって来た山羊の背にまたがり、ゆらりゆらりと空へ昇って行った。

*

珍しく三日月の夜に陣羽は山あいの小さな町の空を散策していた。いつもの山羊は眠そうに欠伸をしている。

夜空から夜景を見ていると、気になる人を見つけた。

「おや、この方はお年のわりに珍しい……」

今回の死人は松ケ谷《まつがや》きよ。白寿の誕生日に亡くなった老婆で、寿命を全うしたはずである。家族に囲まれた自分の遺体を見て、どうしたものかと曲がった腰に手を当てて思案顔で立っている。陣羽はいつものように山羊を傍らに置き、

「こんばんは。お見受けするになにやらお困りのご様子。わたくしでよろしければ、お話しいただけますか？」

きよに声をかける。きよは陣羽を見て、目を細め、

「あれあれ、これは綺麗なお着物を着た方だこと。私なんかお気になさらんでください。どうせすぐにお迎えが来ますから」

どこの方言かわからないが、訛りのある口調で微笑む。きよの言う通り、ただ迎えが遅れているだけなのだろうか。

「では、もし何か本当にお困りでしたら、いつでも羽衣織りの陣羽をお呼びくださいね」

陣羽は念のため、自分の名前を伝えておく。きよは丁寧に会釈して、
「ありがとうね、優しい羽衣織りさん。明日になればきっと大丈夫だと思いますんで」
挨拶すると、またその場でぼんやり立ち続けるのだった。陣羽も明日また見に来ること
にして、今夜はひとまず眠そうな山羊とともに帰ることにした。

翌日。山羊はまだ眠そうだが、月が少し満ちてきたおかげか、昨日ほどではなかった。
陣羽を乗せ、ゆらりゆらりと夜空を行く。
昨日迎えが来ていなかったきよは、どうなったのだろうか。今までに寿命を全うして、
すぐに迎えが来ないことなど聞いたことがなかった。
あの世のほうで何かあって、迎え役まで手が回らなくなっている？　いやいや、いくら
なんでもそれはない。
昨日きよが立っていた町へと、眠そうな山羊をなるべく急かしながらやって来た。
なんときよは昨日と同じ場所で、またもや思案顔で立っていた。
陣羽は山羊から降りると、きよに、
「こんばんは、昨日の羽衣織りでございます」

一礼して声をかける。きよも思案顔を少しだけ緩めて、

「あらあら、こんばんは。お迎えはまんだ来んですに。どこやらで迷子になっとりゃせんでしょうか？」

陣羽に返す。陣羽もこれは何かおかしいとわかってきた。

「わたくしは今までたくさんの亡くなった方を見てまいりましたが、あなた様のようなケースは見たことがございません。ぶしつけですが、何かこの世に強い未練などおありではありませんか？」

探るようにきよに聞く。しばらく思案してから、

「そういえば、曾孫が今度四つになります。そんのことで思い残しがありましたわ」

やっとのことで思い出したように陣羽に話し始める。

「うちの近所には古～い神社がありましてな。そこが今度、大きなあみゅーず何とかになるとかで。長いこと神主もおらんかったもんですから、退けてしまおうという話が出ておったんです」

陣羽はゆっくりと話すきよの話をじっくりと耳を傾けて聞き入る。

「じゃども、わたしゃ反対しておったんです。家の者《もん》らも『そうじゃ、そうじゃ』と言う

ておったが、町の偉い衆が『町が繁栄するためには仕方《しかとう》ない』と言うて聞かんのですわ」

ふむふむと頷いていた陣羽は内容を確認する。

「あなた様のお宅の近くの神社を、アミューズメントパークを建てるために町役場の人たちが動かしてしまおうとしているんですね？」

きよはうんうんと頷いて、

「そうじゃ。その神社はうちの曾孫が七五三をやったとこでな。そん時はわしも元気じゃったから、思い出やらいろいろあって、そんらが壊されるのは死んでも死にきれんでな……」

思い出した事の顛末を話した。

これはおそらく、土地の思い出に縛られてしまい、地縛霊の一種になってしまったのだろう。正直な話、きよには失礼ではあるが、その程度のことで地縛霊になられてはこの世が地縛霊渋滞を起こしてしまう。

ひとまず、この世から夢世に移動してもらおうと誘導をしてみる。

「わたくしは願いを叶える羽衣を織る者です。あなた様の魂を、ほんの一部いただければ、願いの叶う羽衣を作ることができます。それを着ていれば、この世のことも見守れますよ」

夢世が嫌なら転生してもらうしかないが。

すると、きよは目を丸くして、

「ほんにか？　あの神社を守れるんかい？」

陣羽の話に興味津々だ。陣羽がいつもの説明を伝えると、

「どうせ死んでしもうたからに、今さら苦しいもなんもありゃせんて。あの神社のために

わしに羽衣織ってくだしゃんせ」

きよは深々と頭を下げる。ここで陣羽は申し訳なさそうに、

「ですが、羽衣を織るためには満月が必要でして。あと一週間ほどお待ちいただくことに

なりますが……」

事情を説明する。きよは笑顔で、

「慌てることはありゃせんから、そちらの都合のええようにしてください」

全く気にしない様子で返事をするのだった。

しかし、陣羽には不安なことがあった。地縛霊となって日にちが経つにつれ、その土地

との結び付きが強くなる。一週間後に土地から引き剥がせるかどうか。それはかなり賭け

の部分であった。

そして次の満月。今回はスーパームーンで月の力が強い。

きよのもとへとやって来た陣羽は、早速儀式の準備を始める。いつもより少し大きな動きの舞で、ひらりひらりと舞うと、糸車と魂の球体が現れた。

「想いは郷愁の橙、魂は未練の青ですか」

青色の魂は寂しそうに、満月に照らされている。陣羽が舞を続け、まじないの言葉を唱える。

「夢世に回れ、糸車。死手の羽衣、紡ぎてここへ……」

橙の糸車が魂から細く伸びた青い糸を巻き取っていく。寂しげな橙の光が徐々に強さを増し、輝きを強くする。だが、いつもと少し様子が違う。時々、軋むように回転を止めながら、何とか回っている。

ようやくすべて巻き取ると、陣羽の手の上に青色の羽衣が収められていた。陣羽は冷や汗を拭いながら、

「いやはや、ぎりぎりでございました。あと一日遅ければ、あなた様は地縛霊として、この世に縛り付けられてしまうところでございました」

着物の乱れを整えて言う。きよは初耳で、

「あんれまあ、あたしゃ地縛霊になっとったんかね。そりゃお迎えもこんはずですわ」

目を丸くして驚いている。

「これに袖を通していただければ、儀式は完了でございますよ。あなた様は地縛霊に戻ることはありません」

陣羽は羽衣を広げて、きよにゆっくりと着せていく。

きよは右腕を通すと、「えんやこら」と掛け声を出して左腕を持ち上げる。生前の癖のようだ。両腕を通し終えると、いつものようにひとりでに前紐が結ばれる。高齢を意識して、多少息苦しさは和らげるようにした。

「ありがとうごぜぇます。ほんに着心地のええ、綺麗な羽衣じゃ」

にっこりと陣羽に礼を言う。

「これで、あの神さんを守ることができますじゃ」

満足げに羽衣をぽんぽんと叩いて微笑んだ。

「では、これにて失礼いたします。何か不都合がございましたら、またこの陣羽をお呼びください」

陣羽はきよに深々と一礼すると、山羊にまたがり、ゆらりゆらりと夜空へ昇って行った。

きよの四十九日が済んだ頃、きよの家族は神社について話をしていた。

「ばあちゃんが生きてる時は言いにくかったけど、俺はアミューズメントパーク建設に賛成なんだよな。あの神社、もう参る人もほとんどいないし、子どもたちのことを考えると、神社よりも断然いい」

きよの息子が言う。

「そうねぇ、私たちはもう若くはないから、これからの世代のためにはそのほうがいいかもねぇ」

妻もお茶をすすりながら、そんな風に返すのだった。

きよはこのやり取りをすぐ目の前で見ていた。

「お前さんら、そんなこと考えとったんかね。わしゃ、全然知らんかった……」

そこへきよの曾孫がとたとたと駆け足でやって来た。

「ねぇねぇ、おじいちゃん。遊園地、もうすぐできる?」

期待に溢れた顔でそんなこと聞く。

「もうちょっとかかるで、辛抱してな」

きよの息子は困り顔でなだめるのだった。

曾孫があんなに楽しみにしていることに、きよの胸には悲しさと申し訳なさとが込み上げてきた。

「もう、誰もあの神社はいらんのかね……。この羽衣も無駄になってしもうた」

うつむき、後ろを向きかけた時だった。

「ひいばぁばが帰ってきたら、一緒に遊園地行きたい！」

曾孫が屈託のない笑顔で言う。きよの息子夫婦は顔を見合わせて、

「ひいばぁばはもう帰ってこないのよ」

曾孫を諌めるが、地団駄を踏んで泣きそうな顔で叫ぶ。

「やだ！　ひいばぁばも行くの！　前みたいにお着物着て行くの！」

それを見てきよは気づいた。たとえ神社がなくなろうとも、思い出の中にはいつまでも残ることに。新しいアミューズメントパークができたとしても、昔ここに神社があったことを忘れない人がいる限り、それは人の中に残るということに。

触れられはしないが、そっと曾孫の頭を撫でた。

「ありがとうな。これでひいばぁばは安心して逝くことができるわいな。ひいばぁばのこと、少しでも長いこと覚えておいてな」

心からの笑顔で細い目からはぽろぽろと涙がこぼれた。

陣羽はこの様子を夜空から眺めていた。きよの清々しい顔つきを見て、夜空から声をかける。

「いかがですか？　まだ羽衣はご入り用ですか？」

きよは陣羽を見上げると、ゆっくりと首を横に振った。

「大事なことに気づけましたんで、もうのうなってもいいですじゃ」

「そうでございますか。ではお引き取りいたしましょう」

陣羽は穏やかな表情で、きよのもとへと下りてきた。そして裁ち鋏を取り出すと、舞を始める。

「死手の羽衣、切り裂け鋏。願いの終は、憂いも消えて……」

いつもより清々しい表情で舞を続ける。細長く裁断された布地は、寄り集まって夕焼け色の反物へと姿を変えた。

「これであなた様もあの世を経て転生できますね。こちらは心ばかりの贈り物にございます。よろしければ旅路のお供にお持ちください」

反物を袖の中にしまうと、反物と同じ色のお守りを渡す。

「ありがとうごぜぇます。最後によい土産ができましたわ。そろそろお迎えが来たようですで、これで……」

爽やかな笑顔であの世へと旅立って行った。

＊

陣羽はきよを見送ると、山羊の背に乗る。ひらりと揺れる蝶の刺繍の着物を見て、物思いにふける。

「そういえば、先代からこのお役目を引き継いで、どれくらいの時が経ったのでしょうね……」

陣羽の先代は、陣羽と同じ蝶の刺繍の着物を着て、死人に羽衣を織っていた女性。今の陣羽と同じ色の金髪を風になびかせ、凛とした顔で寂しげに笑うあの横顔は、今も陣羽の胸に鮮明に残っている。

山羊に揺られながら、先代とのことを思い出すのだった。

黒髪の青年だった陣羽と先代との出会い。それは、今、陣羽が死人たちと出会うような、ごくごくありふれたものだった。

先代と出会い、「願いの叶う羽衣が欲しいか」と問われると、陣羽はこう答えた。

「羽衣は欲しい。ただ、どんな願いにするかは考えさせてくれ」

先代も羽衣が欲しいと言う者に授けないわけにもいかず、かといって、羽衣を着ていない者があの世に行かないようにする方法を見つけられずにいた。

「あなたはどうやって夢世に留まっているんだ？」

陣羽は先代に尋ねた。先代は少し考えてから、

「私は死人に羽衣を織るために、この着物を着ているからな」

肩をすくめ、寂しそうな微笑みで陣羽に答える。月明かりに照らされたその姿は、あまりに儚く、美しかった。

陣羽は羽衣の代わりに、その着物が欲しいと先代に伝えた。

「この着物はおいそれとやるわけにはいかない。とりあえず、夢世にいる間だけ、同じものを貸してやるくらいはできるが、願いが決まったら返してもらうぞ」

こうして陣羽は先代と同じ着物を着て、しばらく行動を共にすることになった。

双頭の山羊の背に二人またがり、夜空を行く。

「なあ、陣羽。なぜ人は、死してなお、この世で願いを叶えたいと思うかわかるか?」

先代が前を向いたまま、陣羽に聞いてきた。陣羽は答えられずに先代を見ていた。

「それはな、自分の死に納得がいかないからだ。まだやりたいことがあった。この世に未練がある。そんな思いが死人をこの世に縛りつける。私はな、そんな死人たちに、その未練を引きずることで自身を苦しめてしまう、ということを気づいてほしいのだ」

先代は静かに語る。

「それが私に災いをもたらそうとも、な……」

そして最後にぽつりと言った。

陣羽にはその災いの意味が理解できなかった。だが、この人は誰かを助けるために自分を犠牲にしている。それだけはわかった。そして、そのことが陣羽の胸を強く締めつけた。

その後、陣羽は数人の死人に羽衣を授ける儀式に同行した。先代と共に過ごすうちに、陣羽は次第に羽衣織りそのものに心惹かれていく。そして先代の目を盗んでは、儀式の舞を密かに練習していた。山羊の首に下げられた仕事内容の書かれた羊皮紙を盗み見ようとして、先代に怒られたりもした。

幾人かの儀式が終わった頃、陣羽は先代に告げた。

「なあ、羽衣にかける願い事が決まったから織ってもらえないか？」

「そうか……では、その着物は返してもらおう」

先代は着物を陣羽から受け取り、

「では儀式を始めるぞ。まあ、お前もそれほど長く夢世には留まらないだろうがな」

ひらりひらりと舞い、儀式を始める。

「夢世に回れ、糸車。死手の羽衣、紡ぎてここへ……」

まじないの言葉を唱える。そしてできあがった羽衣を陣羽に渡す。陣羽が羽衣を着ると、先代に異変が起こった。蝶の刺繍の着物が輝き始めたのだ。

「陣羽！　お前、まさか！」

着物はいっそう輝きを増し、そして大きな光の球体となり、先代から陣羽の羽衣へと吸い込まれた。そして陣羽の髪は黒から金色に変わった。

「まったく迂闊だったよ。この馬鹿たれが。この役目は私一人でよかったものを……」

白装束になった先代は、悲しさと寂しさの交ざったような表情をする。蝶の刺繍の着物を着た陣羽は、

「誰かを助けるためにあなたが犠牲になるのが、僕には耐えられない。これは惚れた弱みだ。あなたの苦しみを僕が背負います」

先代にそう告げた。先代はやれやれと言った表情で、

「まったく、死んでから恋をするなんて、お前も酔狂だな。もう、着物は渡ってしまったのだからどうしようもないが、一つだけ、お前に見せていない仕事がある。山羊の首にかけてある羊皮紙の仕事。それを半年に一度、必ずやってほしい。お前にとって決してよいことではないが、頼む……」

そう残すと消えてしまった。陣羽は山羊の首にかけてある羊皮紙に目を通す。

「本当にあなたは……。人のことばかり……」

それからというもの、陣羽は口調を変え、着物の下に羽衣を着たまま、今の生活を送っている。

そして今回も、先代との約束を果たす時期が来た。

「さて、大切なお役目を果たすといたしましょう」

ぽつりと呟くと、いつもより空の高いところへと昇って行くのだった。


山羊にゆられること、ひと月。陣羽は三途の川のほとりまで来ていた。

白装束の死者たちが船を待つだけの殺風景な場所。ひたすら砂利の敷かれた河原が広がり、枯れ木一本生えていない。

山羊はゆっくりと砂利を踏みしめながら進む。途中、奪衣婆《だつえば》の小さな掘っ建て小屋があったが、それ以外は何もない、ひたすら閑散とした河原と薄暮のような空が広がる。

この世の感覚で丸一日くらいは経っただろうか。遠くに大きな建物が見えてくる。入り口の大きさが人の三倍ほどはある、三途の川の鬼の詰所だ。ここの鬼だけがあの世との連絡がとれる。

陣羽は鬼の詰所に入っていく。鬼たちは陣羽を睨みつけた。

「また来たのか、羽衣織り。して、今回は何用か」

陣羽は袖から反物を取り出し、

「今回はこちらの反物を納めさせていただきたく参上いたしました」

三つの反物を机に並べる。鬼たちは面倒くさそうに、

「また死者への恩赦の懇願か。毎度毎度、手間をかけさせよって」

反物を手に取りながら、無愛想に陣羽をあしらう。

「何卒、寛大なるお慈悲をお願い申し上げます」

陣羽は深々と頭を下げる。

「仕方ない、わかった。この反物の魂の者たちに裁きがくだらないようにすればよいのだな？　対価はいつも通りでよいな？」

鬼たちもしぶしぶ陣羽の願いを聞き入れた。反物を蔵へと持っていくと、陣羽に向かい、

「一人目、沖代健吾、残り寿命七十四年。二人目、金森優、残り寿命八十六年。三人目、松ヶ谷きよ、残り寿命なし。以上の合計年数、百六十年。そなたはあの世へ渡ることと転生を禁ずる」

羊皮紙の宣告書を読み上げる。陣羽は表情を変えることなく、これを聞く。

「ありがとうございます」

鬼が読み終えると深々と頭を下げて、鬼たちが席につくのを待つ。そして鬼たちが陣羽に見向きもしなくなった頃、ようやく頭を上げ、そっと詰所を立ち去った。

入り口で待っていた双頭の山羊が悲しそうに陣羽に一鳴きする。その山羊の頭を撫でてから、

「これでいいのですよ。わたくしの転生が先延ばしされる程度であの方たちを救えるのでしたら」

優しい微笑みを浮かべて、山羊の背にまたがった。そして来た道をまた、ゆらりゆらりと揺られながら帰っていく。


行きと同じくひと月かけて現世に戻ってくると、

「さて、今宵も夜景散策をするといたしましょう」

また金髪をなびかせ、切れ長の瞳で夜空から地上を見ながら満月の夜空を揺られていく。

「今宵亡くなられた方は、夢世に留まることを望まれるのか、はたまた……」

陣羽はその背に幾人もの死者の想いを背負い、今日も夜空を行く。

勤怠戦隊ギョームイン

人々が勤務を終え家路につく頃。ある若者たちがもう一つの仕事を始める。

その仕事とは——仕事への負の念により生まれた〝業夢《ギョーム》〟を倒すことだ。業夢がこの世界に増えすぎると社会が崩壊すると言われている。

これは、日々産み出される業夢と戦う三人の戦士の物語である。


とある金曜の夜。週末は労働者の疲れから、特に強力な業夢が発生しやすい危険ゾーンだ。

三人は別々の会社に勤める会社員。普段は普通の会社員として日々業務にあたっている。

そんな三人が仕事を終えると、本部から携帯に連絡が入る。

「東京、西日暮里エリア地下に大型業夢発生！　レッド班三名は至急向かわれたし！」

三人はそれぞれ最寄りの地下鉄駅へと走る。

改札で特別な定期券をかざすと、隠されたゲートが出現した。スライダーのようになっている。そのスライダーは業夢が視認できる特殊空間へと繋がっているのだ。

スライダーを抜けると、白と黒が反転した世界が広がっている。

リーダーと一人の隊員が合流した。

「レッド、今回のはなかなかヤバそうだな」

「ふっ、怖じ気づいたのか、ブルー？」

ブルーと呼ばれた隊員は肩を回しながら、

「まさか、ぶっ倒しがいがあるってもんさ」

「それなら早くイエローと合流するぞ」

列車の走らない地下鉄の線路を進む。

すると後ろから何やら明かりが近づいてくる。音からして電車ではなく車のようだ。器用にレールの上を、すごいスピードでこちらへ向かってくる。

「あなたたち、何のんびり走ってるの！　早く乗って」

女性隊員がそう言いながら車を止める。レッドとブルーは後部座席に飛び乗る。

「さすが、気が利くぜ！　かっ飛ばしてくれ、イエロー！」

「ええ！」

ハンドルを握ったイエローはアクセルを全開にして車を急発進させた。

走ること五分。周りの空気が紫色に淀んでくる。業夢が発する狂気だ。

「へっ、目視で敵を確認できない範囲からこれとはな」

ブルーの額に冷や汗が流れる。イエローもハンドルを握る手にじわりと汗をかいていた。

「イエロー、止まれ！」

レッドの声に急ブレーキをかける。同時に目の前のトンネルが崩れ、業夢が姿を現した。

「グルルルル……」

砂塵が舞い、崩落した瓦礫の向こう側に巨大な影が見える。

三人は車から降りて身構える。

工場の巨大なプレス機が五台ほど連結し、人型になってうごめいている。

「こいつぁ、また、でっかいな。大手工場系の業夢か？」

「相当不満を溜め込んでるな。口から狂気がだだもれだぞ」

巨大業夢の口からは、紫色の煙のようなものが大量に吐き出されていた。業夢はこちらを見るなり、「グルァァァァ！」と叫びながら巨大プレス機の腕を振り下ろす。三人は散開してかわし、崩れた瓦礫の物陰に潜む。

「どうするよ。近づくのは不可能だぞ」

「しょうがない、本部からの支給品を使うか」

「これ、何が出てくるか知らされてないのが困りものよね」

三人はそれぞれの場所で小さなカプセルを開けた。

「おっ、俺のは硫酸のスプレーだ」

「かー、こんなもん使えるかよ！　万能工具だ、くそっ！　栓抜き機能ついてたってどうにもなりゃしねぇ」

「………」

イエローにいたっては金属バットを握ったまま黙り込んでしまった。

レッドは震えながら言った。

「なあ、一つ思ったこと言っていいか？」

「どうぞ……」

「ちゃっちすぎだろ！　これでどうしろってんだ！　本部はアホか⁉」

「予算ないんだろ、どうせ……」

レッドは本部への緊急無線を握り、声を潜めながら怒鳴る。

「こちら現場隊員、本部応答せよ！」

「……………」

「本部！　応答せよ！」

「……ってかさ～、このポテト、マジ不味くない？　あ、無線のスイッチ切り忘れてた。

ブツッ」

無線が切れる。レッドの何かも切れた。

「……………」

黙り込んだレッドにブルーが尋ねる。

「本部はなんて？」

「あんのクソバイトがっ！　無線サボってポテト食ってやがる！」

「はぁ、しょせん本部と現場なんて、そんなものよ。最低限の人員と与えられたもので何とかしろって、無理難題言われるんだから」

本部に怒り心頭のレッドに、すでに諦めモードのイエロー。

グルアァァー！

いきなりのピンチだ。レッドの怒鳴り声に反応したのか、業夢が近づいてくる。

「くそったれ！　やってられっか！」

自棄になったレッドは硫酸スプレーを業夢に投げつけた。カツンとぶつかると、缶が腐食していたのか、シャワーのように硫酸が飛び散る。

グギャアァァ！

うまい具合にプレス機の結合部分にかかり、業夢が怯む。その拍子にバランスを崩して倒れ、起き上がれないようだ。

「危ねぇ……缶すらすでに使い物にならないやつだった。普通に使ったら俺の手が溶けてたぞ」

「さーて、敵さんも動けないことだし、やりますか」

「ストレス発散させてもらうわ！」

イエローは駆け寄ると業夢の操作基盤部分に向けて金属バットを振り下ろした。バギッとなんとも鈍い破壊音がする。弱点だったようで、悲鳴を上げて業夢が苦しむ。レッドも走って近づき、「このっ、このっ！」と基盤部分に蹴りを入れている。一歩出遅れたブルーがふと異変に気づいた。

「おい、レッド、イエロー、離れろ。あまり近くに長くいると業夢の狂気に……」

だが二人には聞こえていないのか、ひたすら攻撃を繰り返している。

「おいおい、すでに遅しってか。狂戦士になったやつ、どう戻すんだ？」

連絡の取れない本部に、狂戦士になってしまった味方。ブルーは手に持った万能工具に目をやる。

「万能って……どこまでだ？　試すか」

万能工具でレッドの頭を横からこづく。思いの外、威力がのってしまい、レッドは仰け反った。

「痛いな！　なにをする！」

そしてブルーを睨み付ける。

「おお、万能工具すげえ」

「はあ？」

狂戦士すら治してしまう万能具合に感心するブルーに、訳がわからないレッドは訝しげな顔をした。ブルーはレッドをちょいちょいと手招きして、

「イエローを見てみろ。どんな風に見える？」

「んー、普段のストレスを発散してる」

あながち外れていない答えなので突っ込みにくいが、

「あれは、業夢の狂気に当てられて狂戦士になってるんだ」

「ああ、なるほど」

説明すると、レッドはポンと手を打つ。

「今までは原因となった業夢を倒すしかなかったんだが……ちょっと見てろ」

レッドの時よりかなり加減をしてイエローをこづく。

「あれ？　私……」

「おお、正気に戻ったな」

「な、すげえよな」

感心しきりの二人に、不思議そうな顔をして、イエローは首をかしげている。

とりあえず、業夢の狂気対策はできたので、弱点の基盤攻撃二人に回復一人という編成になった。一番力が弱い（であろう）イエローが回復役で、男二人がひたすら叩く。

しばらくすると、業夢は悲鳴とともに霧散した。三人は肩で息をしながら、

「これで任務完了か」

「今回もギリギリの勝利だな」

「もー、毎回冷や汗ものなの、なんとかしてほしいわ」

愚痴りながら車へ引き返す。

「こちら現場隊員。業夢撃退完了」

車で本部へ無線を入れると、

「こちら本部、お疲れ様です」

先ほどとは違う声がする。

「すみません、先ほどのアルバイトの子にはきつく言っておきましたから」

「頼みますよ。本部と連絡取れないのは致命的なので」

どうやら正規の担当オペレーターが無線を繋いでいるようだ。

「では、こちらから遠隔でゲートを開きます。そのまま直進してください」

「了解」

指示を受けて車でトンネルを直進する。すると、車の周りに淡い青色の光が集まり、次

の瞬間、車は地下鉄駅裏の路地へとワープした。

三人は駐車場に車を停め降りる。

「ふいー、お疲れさん」

「また来週末かね？」

「それまで業夢が現れないことを祈るわ」

かなり疲れ気味でそれぞれの家へと帰宅した。


ギョームインたちの戦いは……きっと続く。

最後にご紹介するのは、お父さんとの大切な思い出をオーナーが小説にしてくれたんです。自分のお話が本になるなんて、少し気はずかしいですけど、気に入っていただけたら嬉しいです。

きっとオーナーの渡邊悠も喜ぶと思います。

そして、このかけがえのない思い出が、私が〝陽だまり古書店〟を始めるきっかけになりました。

流れ星古書店

その日、大学四年生の平岡凪はいつもの道を歩いていた。心の中では頭を抱えながら。

その理由は、研究で発見したことを教授の名前で発表するかしないかで、チームが真っ二つに割れてしまっていることだ。賛成派は何も問題ないが、反対派は自分たちが発見したことを横取りされるのが我慢ならないらしい。しかし、教授がいないと研究自体ができたかどうかわからないというのが悩ましいところである。

チームのまとめ役である凪はほとほと困り果てていた。


そんな考え事をしていたら、うっかり道を一本通り過ぎてしまい裏路地に入り込む。よく通る道の近くで、少し前に探検がてら歩いたこともあったが、しばらく進んでいくと、〈流れ星古書店〉という小さな古本屋を見つけた。

（前にこんなお店あったっけ？　まあ、本を読んでいたら気晴らしにはなるかな）

凪は不思議に思いながらも店の扉を開けた。

扉には星形の掛札があり、店内も星形の飾り付けがされていてポップがとてもかわいらしかった。品揃えは少ないが、綺麗な背表紙が棚に並んでいる。

素敵な店内に思わず「うわあ」と声が出てしまう。すると、店の奥にいた背の高い、青いワイシャツの男性が、

「ようこそ、流れ星古書店へ。ここは思い出の本たちを集めた店です。ゆっくりと見ていってくださいね」

にっこりと微笑んで挨拶をしてきた。凪は少し恥ずかしそうに会釈した。

「見たことのない本ばかりですね。素敵な表紙ですし、これなんかも……」

一冊手に取る。その本を片手に他を見ながら、

「最近お店を始められたのですか？」

店主に聞いた。店主は人差し指で頭をかきながら、

「はい、まだ品揃えが充実してなくて申し訳ありません。最近はあまり流れ星が見つからないものでして」

と言う。凪は頷きかけて首をかしげた。

「……流れ星と本の品揃えに関係があるんですか？」

「はい、とても重要な関係性があるんです。もしよろしければ、今夜流れ星を探していただけますか？　そうしたらきっと新しい本が入荷しますよ」

凪はとても不思議に思いながらも、

「はあ……一応探してみますね」

と返事をして、手にしている本をレジに持って行き、「これ、お願いします」と会計を頼む。

「ありがとうございます。今夜期待していますね」

店主は嬉しそうに本を包装して渡す。凪は買った本を抱えながら店を出て、

（変わった人だったなあ。まあ、流れ星を探すだけだし、たまには空を見上げてみるのもいいかな）

そう思いながら家へ帰るのだった。

家々の窓に明かりが灯り始める頃、凪は部屋を暗くして空を眺めていた。しかし、なかなか流れ星は見つからない。かれこれ一時間は空を眺めているのだが。

「意外と見つからないなあ。そういえば、昔、流れ星にお願いすると叶うって聞いて探したっけ。この広い空をずっと眺めていたよね」

なんだか懐かしい気持ちになりながら、ふと思う。

（そういえば、星の名前って見つけた人の名前がつくよね。一番に見つけたら私の名前がついたりして、ふふっ）

「そうだ！　これならみんな納得するかも！」

ひらめいた。その瞬間、空に光が流れる。

「そうか、探しているとなかなか見つからないけど、ふと見るから印象に残るのね。よし、凪流星一号発見！　なんちゃって。ふふっ、あの本屋さんにも教えてあげようっと」

翌日、凪は研究室の全員を集めて、

「今回の研究は、教授が発見したという形で発表してもらおうと思います。ただ、それでは納得のいかない方もいるでしょう。そこで、この研究の名前に、このチーム全員のイニシャルを入れてもらうのはいかがですか？　私も昨夜いくつか考えましたが、研究内容の意味を損ねず入れることは可能でした。これなら、公には普通の研究として、知っている人には隠された裏話として残すことができます」

教授もメンバーも一様に目を丸くして顔を見合わせたが、しばらく考え皆頷いて納得してくれた。凪はぽんと手を打って話をまとめた。

「では、この件はこれで決着ということで。さあ、発表までの詰めのデータ検証を頑張っていきましょう」

全員が少しまだ狐につままれたような表情をしながらも、それぞれの持ち場で検証を続ける。凪も胸を撫で下ろし、研究に励むのだった。

☆

その日の夜、少し研究室に長くいたために遅くなってしまったが、昨夜の流れ星のことを伝えようと古書店を訪れた。店からは微かに明かりが漏れていて、以前とは違う流れ星の掛札が扉にかかっていた。

扉を開けると飾り付けが星のように輝いて、まるでプラネタリウムのようだ。凪はうっとりとその光景に見とれていると、ちょうど店主が店の奥から出てきた。我に返り意気揚々と胸を張って、

「こんばんは。昨日、流れ星を見つけましたよ。凪流星一号です！」

すると店主は冗談を真に受けたような笑顔で返してきた。

「それはそれは。素敵な流れ星ですね」

「えっと、幼稚だなあ、とかはないんですね」

凪は少し困惑し聞き返した。

「せっかくお手伝いいただいてるのに、そんなこと思うはずがありませんよ。おかげさまでこちらも新しい本が入荷いたしました」

嬉しそうに礼を言う。

「え、本当に入荷したんですか？　信じられない……。どの本ですか？」

凪は驚いて辺りをきょろきょろ見回す。店主はカウンターの裏から一冊の本を取り出して凪に見せる。

「こちらの絵本です。とてもよい内容なのでお勧めですよ」

薄明かりの中で、その絵本は瞬いているようだった。錯覚なのかもしれないが、凪にはそう見えた。

「えっ⁉　私が見つけた流れ星が本になったの？　本当に？　読んでみたい、読んでみたいです！　その本ください！」

「まあまあ、落ち着いて。ここは古書店です。試し読みをしてから買われてはいかがですか？」

「す、すいません、つい興奮しちゃいました。ちょっと見せてもらいますね」

「はい、どうぞ」

　店主から絵本を受け取る。

　タイトルは『みんな、なかなおり』。イラストや文面は子ども向けの絵本だが、昨夜、子どもの頃の懐かしい気持ちがよみがえっていた凪には、とても魅力的に見えた。

「やっぱりこの本ください。私、なんだかもっと読みたくなりました」

　凪は再度お願いした。

「気に入っていただけてよかったです。はい、お代は確かに。お買い上げありがとうございます」

　店主はとても嬉しそうに会計をした。本を受け取る時に、凪は店主の顔をまじまじと見た。

「あれ？　私、あなたを見たことがある気がするんですけど……以前にどこかでお会いしましたっけ？」

　すると、店主は少し意地悪そうに微笑む。

「さあ、どうでしょう。ここは『思い出』が集まるお店ですからね。あなたの思い出も集まるかもしれませんね」

「うーん、どこだったかな……確かに見覚えあるんですが……」

　凪は必死に思い出そうとしている。見かねたのか店主は、

「そんなに気になるのでしたら、僕の名前だけはお伝えしておきますね。星野流矢《ほしのりゅうや》です。これからも流れ星古書店をごひいきに」

「あ、私は平岡凪です。突然変なことを言ってすみません」

　凪も改めてぺこりとお辞儀をする。

「凪さん、また流れ星を探していただけますか？　僕は普段、ここを離れられませんので」

　星野は優しく微笑みながら凪に頼む。そして、時計に目をやる。

「おっと、遅くなってしまいましたね」

「あ、すみません。もう、お店閉める時間ですよね。また来ます」

　凪は慌てて店を後にした。

家に帰って夜空を眺めながら、凪は星野とどこで会ったのかを考えていた。

近くのスーパーだっただろうか。いや、もっと一対一で顔を合わせていたような。

しかし、どれだけ思い出そうとしても、会ったことまでしか記憶になく、「いつ」「どこで」が出てこない。

そんな中、カレンダーに目をやると、今週末、子どもの頃の友人と会う約束をしていたことに気づく。年末に約束をして、カレンダーに印を打つほど楽しみにしていたのだが、先月電話で喧嘩をしてしまい、会うべきか悩んでいた。凪はどうやって仲直りしようか考えあぐねていた。

そういえば、テーブルの上にある買ってきた本は、仲直りがテーマの絵本だったと思い出し読み始める。内容は幼い子どもが互いに本心ではないのに大嫌いと言ってしまう。そして、仲直りの方法を探すというものだった。本心でないのなら謝ったらいいのでは？と母親に言われて、おずおずと謝ると、向こうもごめんなさいと言って仲直りする。

すごくシンプルなことなのに、近頃はそれができなくなっている自分に気づく。

「そうよね、私たちもこうやって仲直りしてたのに。何でうまく言えなくなっちゃったんだろう」

　しばらく考えて、

「うん、やっぱり謝ろう。昔みたいに簡単じゃないかもしれないけど、ちゃんと気持ちを伝えないと」

　携帯電話を手に取る。コール音が三回鳴って相手が出た。

「もしもし、私。この前はごめんね。私、余裕がなくてイライラしてて。あんなことを言うつもりはなかったの。……うん、そう。じゃあ、週末の約束は……本当？　うん、楽しみにしてるね！」

　凪が素直に謝ると相手も喧嘩の後、ずっと謝ろうとしていたが、うまく言えずにいたと話してくれた。電話の後で、

「なんだかんだで、仲直りの方法って昔と変わらないのね。いろいろ考えちゃうようになって、自分で難しくしてるんだわ。この絵本のおかげで仲直りできてよかった」

　絵本を大切そうに手に取る。そして、ベッドの枕元において布団に入り、

「おやすみ、私の流れ星」

　と、眠りにつくのだった。

次の土曜日、凪は約束の待ち合わせ場所で立っていた。その友達が絶対にこちらから見つける、と言って聞かなかったので、予定時間を三十分も過ぎても待っているのだ。約三十分前から、周りの人の顔を覗き込んではうろうろしている、明らかにその人を目で追いながら。

しかし、さすがにしびれを切らせて、「おーい、ひろちゃん」と、声をかける。

「え⁉　凪ちゃん？　うそ〜、全然変わっちゃってるじゃん。こりゃ、見つけられないわけだ」

驚いたようにしげしげと凪の顔を見つめる。

「私もひろちゃんがここで人探しをしてなかったらわからなかったよ」

ひろちゃんこと吉原博美《よしはらひろみ》とは、小学校時代からの友人だ。いつも二人で遊んだり、互いの悩みを相談し合ったりしていた数少ない友人だ。凪が親の都合で転校し、その後上京してしまうと会うことがほとんどなくなっていた。ところが、博美が東京に来る用事があると連絡してくれたので、再会しようということになったのだ。

「ねね、せっかく東京に来たんだし、名所案内をお願いしてもいいかな？」

博美が凪に頼むと、

「うん、もちろん。でも、定番のところじゃおもしろくないと思って、私のお勧めスポット十選、まとめてきたんだ。じゃーん！」

凪は小さなブックレットを取り出す。

「うわあ、凪ちゃんのお勧め、楽しみ！　早く行こ～」

博美は目を輝かせて、凪の手を引っ張り駆け出しそうだ。

「慌てなくても大丈夫だよ。タイムスケジュールもばっちりなんだから。それじゃあ、最初のスポットに向けて、しゅっぱーつ！」

博美に急かされながらも、凪は時計を見ると、二人で東京散策を始めた。

凪のブックレットには電車での移動時間はもちろんのこと散策先でどれくらい時間をとるかなど、綿密に計算されていた。さらには、博美が行った先でもう少し見ていたい、ということまで織り込み済みであった。

そして、スポット巡りも最後の一つになり、凪は自分のとっておきスポットである流れ星古書店へとやって来た。

「ここが私の一番の穴場スポットよ。なんていったって、流れ星が本になるお店なんだから！」

　博美に自慢げに紹介する。

「え～、そんなことあるわけないじゃない。でも、凪ちゃんって、昔からそういう夢物語好きよね～」

　博美はやれやれといった表情で懐かしむ。

「ほんとなんだって。まあ、入ってみればわかるよ」

　凪はむくれてドアノブに手を伸ばす。が、いつもは開いているはずなのに、流れ星形の掛札がクローズになっている。

「今日って土曜日よね？　いつもはやっているのになあ。日曜とか祝日は比較的お休みが多いんだけど」

　店の窓から中を覗き込んで様子をうかがうと、店の奥に続く通路に星野の姿が少しだけ見える。誰かと話しているようだが、声は聞き取れない。

「もしかしたら、流れ星古書店だから、曇りの日はお休みなんじゃない」

　博美が冗談半分でそんなことを言う。だが、凪はすごく納得して、

「確かにそうかも！　今までも偶然お休みなのかと思ってたけど、全部曇りの日だった。

なるほど、すると……」

考え込んでしばし無言になる。博美は凪をひらひらと手で扇ぎつつ、

「おーい、冗談だよ~帰っておいで~」

空想の世界に行ってしまったと思われる凪を呼び戻す。しかし、反応した凪は真顔で博美の両手を握り、

「すごい発見だよ！　さすがはひろちゃん！」

目をきらきらさせている。

古書店前から大通りに出ながら、

「一番のスポットを見せられないの残念だけど、私のお勧めはこれくらいだよ。楽しんでもらえたかな？」

凪は博美に感想を聞く。博美は大満足の笑みを浮かべて、

「実際に住んでないとわからないスポット満載で、とても楽しかったよ。凪ちゃん、ありがとう。今度は晴れている日に、古書店に来ようね」

そう約束した。

博美を新幹線の乗り場まで見送ったその帰り道。凪は家の最寄り駅から歩いていた。日暮れ頃から空が晴れてきて、星空が見えていた。

立ち止まり、以前の経験を活かし、空全体を眺めて光が流れるのを待っていた。博美と楽しい時間を過ごしたおかげか、流れ星探しも楽しくなっていた。そして次の瞬間、長い尾を引いて光が流れる。前よりも明るいその光は、凪の心を満たしていくのだった。

家に着いて手際よく夕食の支度をし、好きなドラマを見始める。すると、「あなたにとって一番大事なものは何？」と問いかけるシーンがあった。

凪は自分にとって大切なものを考える。家族も大切、友達も大切、勉強も生活もお金も。大切なものはいくつも挙がるが、どれが一番大切かと問われるとなかなか一つに絞れない。あまり考えすぎて少し疲れてきたのでドラマが終わったら寝ることにした。明日、また古書店へ寄る予定にしているのだから。

凪が眠りにつくと、夢の中で聞き覚えのある声がする。

「あなたの〝大切〟は考えて見つかるようなものですか？」

はっと目を覚ますが、誰もいない。不思議な夢を見たことを頭の片隅に置きつつも、いつも通りに大学へ行き、夜遅くまで研究をするのだった。

☆

そして帰りに古書店へ寄ると、ドアの掛札と内装が変わっていた。光で演出される星座も前とは別のものになっている。

店のカウンターには星野がいて、凪に向かい軽く会釈する。

「昨日も流れ星を見つけたのですが、新しい本、入ってますか？」

凪が尋ねた。

「はい、今回もよい本が入荷しましたよ。今、店内にある中でもお勧めの一冊です」

星野は嬉しそうに本棚の上のほうから『人生の宝の見つけ方』という本を取り出す。以前同様、その本も微かに輝いているように見える。ぱらぱらと流し読みすると、「あなたの宝はこう探そう」という章があった。まさに昨夜考えていたことなので、すぐに購入することを決めた。

「じゃあ、この本ください」

星野に伝えると星野はレジで会計を始める。それを待つ間に、

「このお店の本の価格ってどうやって決めてるんですか？　流れ星なら値段をつけるの難

しそう」

　凪は思っていたことを素直に口にしていた。星野は少し考えてからこう言った。

「そうですね、その本の思い出の深さ、大きさに比例する、とでも言いましょうか」

「思い出の価格ですか……きちんと気持ちを込めてお支払いしますね」

　凪は納得して丁寧に代金を支払う。

「そうしていただけると、この本も喜びます。ありがとうございます」

　星野も丁寧に受け取る。そして、この店オリジナルの紙袋に入れて渡す。そして帰り際の凪に声をかけた。

「また、いらしてくださいね。夜もなるべく店は開けていますから」

　凪が店から出て少し行くと、店内の照明は消え、内装のぼんやりとした明かりがうっすらと残っていた。

　凪は財布の中に買い物メモを入れていたことを思い出し、バッグを探る。しかし、財布がない。服のポケットかと思い、ぽんぽんとあるだけのポケットを押さえてみるが、ない。先ほど代金を支払った時に店内に忘れてしまったのだろうか。明かりが消えてしまっているが、店内にはまだ星野がいるだろう。

店に戻り、ドアノブに手をかけると鍵はかかっていなかったため、扉を開ける。でも、星野の姿は見あたらない。店の奥にいるのだろうか。星野の名前を呼ぼうとした瞬間、カタンと物音がする。

「星野さん、そこにいます?」

少しおびえながら尋ねた。返事はない。物陰でうっすらとした光が動いている。恐る恐る覗くと、店の内装の明かりがまるで空の星のように、ゆっくりとひとりでに動いている。凪はその光景に吸い込まれるような感覚を覚えた。

気がつくと、凪は宇宙空間にふわふわと浮いていた。呆気にとられながらも、なぜか澄み切った気持ちになった。壮大な天体ショーを見ていると、凪に向かって大きな彗星が飛んできた。ぶつかると思い、反射的に目を閉じる。まぶたの外が眩い閃光に覆われ、恐る恐る目を開けると、周りの星がぴたりと動かなくなっていた。直後、足下から落下し、暗闇の中にゆっくりと着地する。

目をこらして辺りを見渡すと、いつも通りの流れ星古書店だった。

「私、夢を見ていたの?　今の光景は一体……」

一人呟く。すると店の奥から星野が出てきた。

「おや、凪さん？　帰られたのではなかったのですか？」

「すみません。お財布をお店の中にうっかり忘れてしまいまして。たぶんお会計の時におきっぱなしにしてしまったかと……」

凪は慌てて星野に事情を説明する。

「ああ、これは凪さんの財布でしたか。はい、お返しいたしますね」

星野はカウンターの裏から凪の財布を取り出して渡す。凪はお辞儀をして財布を受け取ると、先ほどのことを星野に尋ねようとする。

「あの、このお店の内装って……あ、いえ」

話し出したが途中でやめる。自分でもなんと説明したらよいかわからなかったからだ。

星野はそんな凪に微笑みながら、

「ここで何を見られたかはわかりませんが、凪さんが夢だと思えば夢ですし、現実だと思えば、それは現実なのですよ」

と諭す。凪はそれを聞くと、

「そうですね、ありがとうございます。閉店後にお邪魔してすみませんでした。また来ますね。おやすみなさい」

一礼して店を後にする。

かなり遅くなってしまったので、結局買い物もせず家に帰った。

今日、古書店で見たことは現実だったのだろうか。

考えれば考えるほどわからなくなる。ベッドの上で足をじたばたさせて枕に顔を埋めると、星野の言葉がよみがえる。自分が現実だと思えば現実。ある意味、妄想を肯定するかのような言葉だが、なぜか凪の心に響いていた。

ベッドから半身を起こすと、古書店の紙袋に手を伸ばす。『人生の宝の見つけ方』を読み始めた。

人生において宝とは人それぞれで違うこと、他人が感じている幸せと自分の幸せとは同義でなくていいことなど、当たり前なのだが普段忘れてしまっていることを気づかされる。SNSの世界で適当に「いいね」をつけることが日課になっている自分がいて、本当にどう思っているかを隠してしまう。そんな日常にも著者なりの意見が書いてあった。

実を言うと、凪は昔からの周りの子どもとは少し考え方が違っていた。周囲を基準とするならば、ずれていると表現されるだろう。ゆえに努力して周りに合わせ、俗に言う、日常を当たり障りなく過ごすことに苦労してきた。

だが、この本の著者は、あなたはあなたらしく、偽らないことが素晴らしい、自分があきらめる最後の瞬間まで信じてくれるのは自分だ、と言ってくれているのだ。

そして凪は気づく、自分の大切なものに。

「ああ、そうか。私は私が一番大切なんだ。他のことは何かしら理由があって大切だけれど、自分を大切にするのに理由なんてないもの」

夢の中の誰かに言われた通り、考えて見つかるものではなかった。凪はその人に感謝しつつ眠りにつく。

☆

当初悩んでいた大学の研究発表もようやく終わり、凪は穏やかな日常を送っている。

今日も二限目の講義が終わり、次の講義まで休み時間ができたので大学近くのカフェに来ていた。紅茶をメインに扱っており、紅茶好きの凪にとっては、ゆっくり安らげる空間であった。ティースプーンで砂糖をゆっくり混ぜながらぼんやりと外を眺める。郊外の大学近くの高台にあるこのカフェは、カウンター越しに市街地が一望できる。それが何よりのお気に入りの風景だった。

一口紅茶を飲むと、カランカラン、入り口のドアが開く音がする。ちらりと目をやると、同じ講義を受けている男子学生が入ってきた。

凪はこの男子学生が最近気になっていた。名前も知らないが、受講中も不意に目がいってしまうという、いわゆる淡い恋心であった。

そんな凪の気持ちをよそに、男子学生は凪の隣のカウンター席に座る。凪は懸命に意識しないように努めるが、何かの引力なのだろう。男子学生と目が合ってしまった。

「あはは〜、どうも……」

どぎまぎしつつも凪は挨拶する。

「ああ、どうも。君って同じ講義を受けてる平岡さんだよね？」

男子学生が返してくれた。凪は自分の名前を知られていることに驚き、聞き返す。

「えっ、どうして私も名前を……」

「ああ、いろんなところで君の話聞くからね」

男子学生は苦笑い。凪はがっくりと肩を落とし、

「私、そんなにいろいろ言われてるの？」

と、聞く。男子学生は慌てて、

「あ、いや、悪い噂じゃないんだ。誰も思いつかない発想をしたり、みんなの相談役になってるって、いい話ばかりだよ」

凪はほっと安心した。

「よかった、変な噂をされているのかと心配しちゃった」

「ごめんね、僕の言い方が悪くて。それで、もしよければ、僕の相談にも乗ってくれないかな？」

凪はパッと表情を明るくしてから、ちょっと照れつつ、

「もちろん！　あ、その前に名前、教えてもらってもいい？」

男子学生の名前を尋ねる。すっかり忘れていたようだ。

「ごめん、うっかりしてた。僕は、森田耕治《こうじ》。それで相談なんだけど、実は、友達が単位足りなくなりそうで、明日の講義休むと、ほぼ卒業できないんだ。でも、旅行先でトラブルがあったらしくて、帰ってくる飛行機が飛ばないらしい。しかもパソコンを置いていったらしいんだ。それで、どうしたらいいか悩んでて」

耕治は頭を抱えている。凪は打開案を考えてみた。家族の訃報なら大学側も配慮がある

かもしれないが、旅行から帰ってこられないのは自己責任だ。かといって、見捨てるというのも、好意を寄せる耕治の手前、絶対に選択できない。代返はばれた時のリスクが高い……。しかし講義によっては出席とレポート提出で何とかなるものもあり、

「森田君、明日の講義以外、その人と森田君が取らなきゃいけないものってある？」

と聞く。耕治は少し考えてから、

「いや、近々はないかな。ほとんど終わらせてあるから」

「これは少し賭になるんだけど、明日の講義が提出物のみで単位もらえそうなら、望みあるかも。レポート提出って、その人パソコンで作るよね？」

確認しておきたかったことを聞く。

「うん、そうだね。たまに手書きする律儀な人いるけど彼はパソコンで作ってたはずだよ」

「ちょっとずるい方法にはなるんだけど、それなら森田君がレポートを二つ用意するのはどうかな？　時間がかかるし、友達の文の癖は再現しないといけないけど……。私も手伝うから」

たぶん、耕治はここまでは他の誰かからもアドバイスはもらったかもしれない。それを裏付けるように、

「それは考えたんだけど、受講票の問題があるよね」

予想通りの答えが返ってきた。

「ふふっ、あの教授、話に夢中になると、受講票見ずに受け取っているの、気づいてた？」

凪はちょっと悪そうな笑顔をする。

「受講票渡す時は二枚重ねて、その時、私が気を引くから」

「なるほど。そして、提出物が二人分あれば完璧かぁ」

ふむふむと頷きながら、

「平岡さん、すごいね。ちゃんと先生のこと見てるんだ。同じ講義に出てても、そんなことは気づかなかったよ。その作戦でいこう」

「よかった、森田君の役に立てて。明日、レポート作成も手伝うね」

耕治の顔を見ながらにっこりと微笑む。耕治も感謝しきりで、

「何から何までありがとう。よかったら、連絡先教えてもらっていいかな？　講義終わりに連絡したいから」

「もちろん！」

好きな人との連絡先の交換までできて、かなりのハイテンションで返事をする。上機嫌

になり、少しだけ話題を振ってみる。

「森田君って、このカフェによく来るの？」

「うん、僕、紅茶好きだからね。お店の雰囲気も落ち着いてるし。何よりこの開けた展望が一番のお気に入りなんだ」

「うそ、私と全く同じ！　じゃあ、好きな茶葉は？」

凪が食い気味に聞くと、

「最近はちょっと気温が高いから、アッサムとかあっさりしたものをよく頼むよ。平岡さんは？」

「私はミルクティーが好きで、ウバとかをホットで飲むかな」

「わかる！　アイスかホットかで迷ったら、僕もミルクティーでホットだよ」

耕治と紅茶談義に花が咲いた。夢中で話していると、昼休みの時間はあっという間に過ぎてしまう。凪は、はっとして時計に目をやる。

「ごめん、森田君。私、次の講義入ってたからもう行かなきゃ」

「あ、もうそんな時間になってたのか。こちらこそ引き留めちゃってごめんね。相談に乗ってくれてありがとう。じゃあ、また明日」

「うん、またね」

凪は耕治に手を振り店を後にする。

(また明日か〜。ふふっ)

大学へ歩きながら心の中で密かに幸せをかみしめるのだった。


翌日。講義が終わり、凪は耕治からの連絡を待っていた。三分ほど経ち携帯が鳴る。凪は光の速さとも思える勢いで電話に出た。

「もしもし、森田君?」

「あ、平岡さん。こっちは講義終わったけど、そっちは大丈夫?」

「うん、こっちも終わってるから大丈夫だよ」

「よかった。じゃあレポート作成の協力お願いしたいんだけど、どこでやろうか?」

凪は少し電話口で思案する。昨日の店は大学から近いが、知り合いが来るかもしれない。だが、落ち着いた雰囲気があり、こういった作業には向いていた。

「昨日のお店はどうかな?」

「あ、紅茶のお店だね。うん、いいね。そこにしよう」

提案すると耕治も賛同してくれた。凪は確認のため聞いてみる。

「森田君、その友達の過去のレポートって持ってきてる？」

「うん、テキストファイルで持ってきたよ。書き方の癖を真似しないとって言ってたから」

「なら、大丈夫だね。今から教室出るけど、向こうで待ち合わせにする？」

大学から一緒に行きたい、という願望を隠しつつ聞いてみる。

「せっかくだから大学の出口で待ち合わせようか」

期待していた返事がきた。

「本当？　じゃあ、すぐに向かうね！」

凪は飛び上がって喜びそうなのをこらえつつ、大急ぎで教室を飛び出した。

走ってキャンパスの出口に着くと、心躍らせながら耕治を待つ。ついつい、いつもの妄想もとい空想の世界でこの後の展開を考えてしまう。

「平岡さん、お待たせ～」

耕治の声がする。一瞬で現実世界に戻り、

「全然待ってないよ。私も今着いたところ」

かわいい嘘を満面の笑みで返した。

「じゃあ、行こっか」

二人で歩き出す。カフェまで十分程度の道のりなのだが、凪はまるでデートしているような気持ちになっていた。必然的に笑みがこぼれてしまう。それに気づいた耕治が聞いてきた。

「平岡さん、何かいいことあったの？」

「うん、でも内緒」

照れながら秘密にする。耕治は気なって、

「えー、教えてくれてもいいのに。まあ、内緒にしたいことは無理には聞かないけど……」

苦笑いしながら残念がる。カフェに着くと、店内は空いていた。四人がけのテーブルに荷物を置き、腰掛ける。

耕治がノートパソコンと教材を取り出し、自分のパソコン画面に友人のレポートを映しながら凪に見せる。

「こんな感じの文面なんだけど……」

それを見た凪の笑顔は少し引きつってしまう。

「なんというか、独特の言い回しだね……」

耕治の顔を一度見る。文末に「～なのだ」や「～である」が来るのはまだわかる。問題はそこへの繋がりだ。まるで白い髭の博士が話すような、そんな印象を与える何かが含まれている。

「大変そうだけど頑張ろう……」

「うん……」

凪と耕治は自分たちが導き出した方法の大変さをひしひしと感じるのだった。

それから四時間——店に客もいなくなり、閉店が迫る頃。

「やっと終わった～！」

「お疲れ様～！」

ややこしい言い回しの再現を成し遂げ、二人は伸びをして机に伏せる。長引いて疲労しきっている上に、紅茶一杯では申し訳ないと三、四杯は飲んでお腹もたぷたぷだ。

「ごめんね、大変な方法を考えちゃって」

凪は耕治に申し訳なさそうに言った。

「いやいや、こちらこそ、最後まで付き合ってくれてありがとう。平岡さんがいなかったら、一人ではとても無理だったよ」

耕治は感謝しきりだ。

「後は出席がごまかせますように！」

「もう、ほんとに！　あははっ」

二人で笑いながら片付ける。レジで会計をしようとすると、

「あ、二人分まとめてお願いします」

耕治が店員に申し出た。

「え、でも……」

凪が躊躇していると、

「今日のお礼。これくらいはさせて」

耕治が片手で拝みながら言う。

「じゃあ、甘えちゃおうかな。そしたら、こっちからもお願いがあるんだけど……」

きょとんとした耕治に、凪は照れながら勇気を出して言ってみる。

「またこの店で見かけたら、声かけてね」

「もちろんだよ、これからもよろしくね」

耕治は優しい笑顔で返事をしてくれた。

二人で店を出ると辺りはすっかり暗くなっていた。

「遅くなっちゃったし、家の近くまで送ろうか？」

普段ならはきはきとしゃべれるのに、耕治への想いでいつも以上に意識してしまい、本当は送ってほしいのに、うまく頼めない。

「えっと、私の家、そんなに遠くないし、ほら、森田君も電車とか？　あるかもだし」

するど耕治は、

「じゃあ、駅まで一緒に行こうか？」

「じゃあ、お願い、しようかな」

暗くなっていて耕治には見えないのだろうが、凪は顔を真っ赤にして耕治に頼む。

「森田君って、あの、その、夜空は好き？」

凪は耕治と歩きながら尋ねる。耕治は空を見上げて微笑む。

「うん、好きだよ。なんだかロマンチックでいいよね」

凪は嬉しくなり、

「じゃあ、今から駅に着くまで、流れ星を探さない？」

照れながらそう提案すると、耕治も嬉しそうに頷いた。

「おもしろそうだね。じゃあ、駅までに一つは見つけようよ」

二人で空を眺めながら歩く。

しばらく歩いていると、少し明かりの少ない下り坂になった。その時、今まで見たどの流れ星より煌めく光が夜空をなめらかに滑る。

「あ！」

二人同時に声を上げ、そして顔を見合わせた。

「平岡さん、今の！」

「うん、見た！」

二人で歓声を上げる。

「すごく綺麗な流れ星だったね」

「今まで見た中で一番かも……」

光の通った道を二人でうっとりと見つめていると、

「……うん、決めた」

耕治がなにやら呟き決心する。

「平岡さん、もしよろしければ、僕の流れ星になってくれないかな？」

「森田君、それって……」

凪の心臓は、はち切れんばかりに脈打っている。

「こんな素敵な思いができるのは、きっと平岡さんが素敵だからだ。だから、平岡さんと一緒にいたい。流れ星を探すみたいに、平岡さんの素敵なところをもっと見つけていきたい」

突然の告白に、凪の顔は沸騰しそうに熱い。懸命に耕治を見つめて、返事をする。

「私も、森田君をもっと見ていたい。だから、こちらこそ、よろしくお願いします」

小さな街灯の明かりが、まるでスッポットライトのように二人を照らしていた。

凪は自宅まで送ってもらい、玄関先で耕治を手を振って見送る。

そして、ベッドに飛び込むと、枕に顔を埋めて足をバタバタさせて幸せをかみしめる。

彼氏ができたことが初めてで、今まさに最高潮の気持ちだ。

「僕の流れ星か〜。〜〜っ！」

耕治の言葉を思い出し、一度上げた顔を再び枕に埋めて悶えている。

幸せ真っただ中のまま眠りに落ちると、また夢を見た。夢の中で、凪はあの古書店で今日のことを報告している。星野は少し複雑な、それでいて優しい微笑みをたたえて祝福してくれていた。なにやら一言言っているのだがうまく聞き取れず、そこで目が覚めてしまう。

昨日さんざんベッドで転がり回ったせいでぼさぼさになった髪を慌てて直しながら、

「夢にも見たし、今日はお店に寄ってみようかな。そうだ、森田君も誘ってみよう」

そう予定を立て、大学に向かう信号待ちで耕治にメールを打つ。送信し終わると、周囲の人が歩き出し、慌ててバッグに携帯を押し込み交差点を渡る。大学に着いてメールを確認すると、「喜んで！」と返信が来ていた。

その日は研究室の作業もなく、ウキウキ気分で講義を終え、耕治と待ち合わせて古書店へ向かう。

「今から行くところは、私のお気に入りの本屋さんなんだ」

「平岡さんのお気に入りか〜。楽しみだな」

道すがら、古書店や星野のこと、不思議な体験を話して歩く。耕治も興味津々で聞き、
二人は古書店の前に着くと仲よくドアを入り、

「こんにちは〜」

店の奥でいつも通り立っている星野に挨拶する。

「おや、凪さん、いらっしゃいませ。今日はお連れ様とご一緒ですか？」

星野は普段通り挨拶すると、

「ああ、そういえば、昨日珍しい本を入荷いたしまして、これがまた、素敵なお話で……」

そこまで言うと凪が割って入る。

「それはそうですよ！　だって、私たち二人で見つけた最高の流れ星ですもの！」

耕治と目を合わせる。それを見た星野は、

「なるほど、そういうことですか」

少し怪訝な顔をして、耕治を足下から頭の先までじっと見る。

（あれ？　夢と少し違う……。まあ、夢の通りになるほうが不思議よね）

そう自分を納得させる。

「ああ、すいません。お客様に大変失礼な態度をとってしまいました」

星野は自分の表情を自覚したのか、耕治に詫びるが、耕治は気にした様子もなく、

「いえ、お気になさらずに。それにしても素敵なお店ですね」

と、周りを見回している。

「はい、凪さんが流れ星を探してくださるので、品揃えも充実してきました」

星野もその言葉に笑顔で喜んでいる。

「もしよろしければ、あなたも流れ星を探してくださいませんか?」

耕治が快諾して二人で流れ星を探すことが決まった。

「それでは、いつも探していただいている凪さんと、その素敵な彼氏さんに、これはプレゼントです」

星野が棚の上のほうから一際豪華な本を取り出す。

「そんな高そうなもの頂けませんよ。流れ星探しも好きでやってますし」

「いえ、それでは私の気が済みません。受け取ってください」

凪は遠慮して断ろうとしたが押し切られてしまう。凪が紙袋を受け取ると、

「お似合いのお二人ですね。応援していますよ、ふふ」

星野がそんなことを言うと、二人とも照れながらもまんざらでもない様子だ。

その後三人で星野と談笑して店を後にする。耕治と凪は、

「素敵なお店だったよ。さすが平岡さん」

「でしょ。でも、私は何もしてないよ〜」

などと、話しながら帰るのだった。

☆

一週間が経ち、朝のニュースで今日から梅雨入りだと伝えていた。

「あーあ、今日からしばらくお店、お休み増えちゃうなあ……」

凪は残念そうに天気予報を見てため息をつく。曇りや雨の日が多いせいで流れ星探しができず、一昨日も耕治と二人で店を尋ねたが休みだった。店のドアにも心なしか残念そうな流れ星の掛札。

そして今日も一人で寄ってみたのだが休みは相変わらずだった。凪が後ろ髪を引かれつつ帰ろうとすると、

「今日も来てくださったんですね」

振り返ると星野が立っていた。

「いつも来ていただいているのにすみません。曇りや雨の日はどうしてもお休みさせていただいてるので。でも、せっかく来ていただいたので、よければお茶でも飲んでいきませんか？」

そう凪を誘う。

「じゃあ、一杯だけいただいていってもいいですか」

店内に入ると、星野は店の照明のスイッチを入れて奥へ入っていく。

「凪さん、コーヒーと紅茶とどちらがお好みですか？」

奥から凪に問いかける。

「紅茶のほうをいただいてもいいですか？」

店の椅子にちょこんと腰掛けた凪が返事をする。

少しすると、星野がティーポットとカップを持ってきた。

「僕の好みのものなので、お口に合うといいのですが」

慣れた手つきで紅茶を注ぐ。かわいい柄のカップに注がれた紅茶を一口飲むと、

「うん、おいしいです。なんだか懐かしい味がします」

笑顔で星野を見る。

「それはよかった。ところで凪さん。以前からお伺いしたいことがあったのですが……。どうして凪さんは僕の言うことをそんなに信じてくださるんですか？」

星野は凪に尋ねる。凪は少し考えて、

「うーん……理屈じゃないんですが、星野さんのお話ってこう、夢があるなって思うんです。私はそういったお話が好きで、でも周りからはいつまでも子どもじみたこと言ってる、とからかわれて」

少し寂しそうに微笑んで言う。そしてもう一度星野を見た。

「でも、星野さんは、私以上に夢物語を話してくれて、とても安心できるというか、共感できるんです」

それを聞いた星野も安堵したような表情をした。

「そうですか、僕の存在が凪さんの救いになっていたのですね」

しばらく笑顔でいろいろな話をした後、星野が真剣な表情で考え込んでしまう。

「星野さん、どうされました？」

凪が問うと、星野は決心したような顔で言った。

「凪さん、お店はしばらく休みが続いてしまいます。梅雨が明けたら、広野ヶ丘公園で流れ星を探していただけますか？」

「はい。それくらいはおやすいご用です」

突然のことできょとんとした凪はそう返すしかなかった。星野はなにやら思い詰めた表情をしていたので、

「今までで一番の流れ星を見つけてきます。だからそんな顔しないでください」

自信満々に言う。そして、

「お休みのところ押しかけてしまった上に、お茶までいただいてすみません」

一礼をして店を出る。星野が店の出入口まで見送りに出てきて、

「それでは凪さん、しばらくのお別れですね。お気を付けてお帰りください」

凪が見えなくなるまで見送っていた。

しばらく梅雨が続き、ひと月が流れた。

ニュースで梅雨明け宣言が報じられ、凪は星野との約束通りに広野ヶ丘公園にやって来た。

初めて来るはずなのになぜか懐かしい。芝に座りながら星を眺めていると、過去にもこういったことがあったように感じる。

そして流れ星が空を駆けたその瞬間、凪の記憶の奥底にあったものが一気にあふれ出す。

「あ……あ……、そんな……。私、なんでこんな大切なことを……。あの本屋さん……まさかっ！」

流れ星古書店に向かって全力で駆け出す。走る凪の瞳からは大粒の涙がこぼれていた。

凪が無意識に記憶から消していたこと。それは、幼い凪と空を眺めている男性。青いワイシャツの、星野によく似たその男性は、凪と流れ星を見に行った帰りに交通事故で亡くなった父親。

凪は父親の死があまりに悲しく、記憶から消していたのだ。

必死に走って古書店へとたどり着くと、店の輪郭がぼやけている。かまわずそのまま店に入った。

「星野さん！　ううん、お父さん！」

叫ぶが返事はない。ただ、それに呼応するかのように一冊の本が光っている。急いでその本を抱きしめ涙を流す。

「ずっと、私を見守ってくれてたのね。ありがとう……お父さん」

蜃気楼のようにぼやけていく古書店を出る。そして振り返ると、そこにはもう古書店はなく、廃ビルが建っていた。

凪は抱えている本のタイトルを見る。そのタイトルは『愛しい娘の願い』だ。本の間には凪と父親の思い出の写真が挟まっていた。

凪は止めどなくあふれる涙をそのままに、

「これからも私、頑張って生きるよ。森田君もいる。もう、つらいからって逃げたりしない。見ててね、お父さん……」

そっと呟き、誓うのだった。

☆

それからの凪は今まで以上に前向きに生きていた。

傍らには耕治がいて、将来の約束もしていた。

二人で暮らし始めた部屋には凪たちを見守るように、世界一大切なあの本たちが並べられていた。今も淡い瞬きをたたえて。

エピローグ

いかがでしたか？
お客様にとっての「一冊」が見つかったら嬉しいのですが……。
今後も店主の凪さんとともに、陽だまり古書店をどうぞよろしくお願いします。

オーナー

著者プロフィール

渡邊 悠（わたなべ ひさし）

1982年生まれ

三重県出身、在住

学校業務支援員として勤務後、退職

13歳で精神疾患を発症し治療を続けながら三十代頃から小説を書き始める

現在、小説サークル「言の葉」に所属

【受賞歴】「流れ星古書店」第29回鈴鹿市文芸賞小説・評論の部最優秀賞
「音楽室のかのん」第32回鈴鹿市文芸賞小説・評論の部奨励賞

陽だまり古書店

2024年12月15日　初版第1刷発行

著　者　渡邊 悠
発行者　瓜谷 綱延
発行所　株式会社文芸社
〒160-0022　東京都新宿区新宿1－10－1
電話　03-5369-3060（代表）
03-5369-2299（販売）

印刷所　株式会社エーヴィスシステムズ

ISBN978-4-286-25892-8